오백 번의 로그인

글쓰기 공동체를 꿈꾸는 열두 사람의 100일 글쓰기

오백 번의 로그인

글쓰기 공동체를 꿈꾸는 열두 사람의 100일 글쓰기

이미란 외 지음

경진출판
Kyungjin Publishing Co.

이 책은 〈책글연대〉라는 작은 공부 모임에서 출발했다. 책읽기와 글쓰기에 관심이 있는 사람들이 모인 이 모임에서 2016년 초, '글쓰기 치료'에 대해 공부해 보기로 했다. 〈글쓰기 치료 연구〉라는 카페도 만들고 격주로 만나 관련 분야의 책을 함께 읽은 지 일 년쯤 될 무렵, '100일 글쓰기'라는 프로그램을 알게 되었다.

'100일 동안 하루도 쉬지 않고 글을 쓴다'는 이 콘셉트에 우리는 매력을 느꼈다. 모임의 구성원들이 모두 글을 써야 하는 직업군에 종사하고 있었기 때문에, 100일 동안 하루도 쉬지 않고 글을 쓰면, 글쓰기 근육이 단련되지 않을까 하는 희망과, 그동안 공부한 바와 같이 글쓰기의 치유적 효과를 체감할 수 있을까 하는 궁금증 때문이었다.

〈책글연대〉의 구성원 중 두 사람이 참여하고 있는 〈갈매나무 독서회〉에 뜻을 전하고, 함께 글쓰기의 여정에 오를 사람을 구했다. 〈갈매나무 독서회〉는 카페 〈갈매나무〉에서 2012년에 결성되어 지금까지 칠 년 동안 소설을 읽어 온 모임이다.

〈책글연대〉와 〈갈매나무 독서회〉의 구성원들 중 '100일 글쓰기'의 모험에 참여를 결심한 사람은 모두 다섯 명이었고, 2017년 3월 1일 〈글쓰기 치료 연구〉 카페를 통해 첫 시즌을 열었다. 첫 시즌의 흥분과 도취를 잊지 못한다. 하루에도 몇 번씩 카페를 들락거리며 게시된 글을 확인하고, 댓글을 달았다. 외국에 나가서도, 병원에서도 글쓰기는 계속되었다. 심지어는 100일 글쓰기가 끝난 다음에도 카페 주변을 어슬렁거리며 글을 올리기도 했다.

2017년 9월 1일에 시작한 두 번째 시즌에는 일곱 명, 2018년 3월 1일에 시작한 세 번째 시즌에 일곱 명, 2018년 9월 1일에 시작한 네 번째 시즌에 일곱 명, 그리고 2019년 3월 1일에 시작한 다섯 번째 시즌에는 여덟 명이 참여했다. 구성원들 중 많은 이가 대학에 적을 두고 있었기 때문에 자연스럽게 봄 학기와 가을 학기가 시즌을 여는 시기가 되었다.

'100일 글쓰기'의 다섯 시즌에 모두 참여한 사람은 500일 동안, 500번 이상을 카페에 접속해서(동료의 글을 읽고 댓글도 썼기 때문에) 글을 쓴 셈이다. 이러한 연유에서 '오백 번의 로그인'이라는 이 책의 제목이 탄생했다.

그동안 글쓰기 근력은 향상되었을까? 나는 그렇다고 생각한다. 세상의 모든 일처럼, 글쓰기라고 하는 것도 손을 놓고 있으면 흐름이 막히고, 계속하고 있으면 흐름이 새로운 흐름을 열기 때문이다.

치유의 효과는 있었을까? 글을 쓴 이의 내면에서 일어나는 일을 알 수는 없는 것이지만, 시즌 초기에는 두서없이 산만했던 글이 시간이 지날수록 인과의 틀을 갖춘 글이 되어 가는 것을 보면, 그 글을 쓴 이의 생각이나 감정도 함께 정돈되어 가고 있지 않겠는가 미루어 짐작할 수는 있을 것 같다.

100일 글쓰기는 공적인 글쓰기와 사적인 글쓰기의 중간 지점에 위치해 있는 것 같다. 시즌을 함께 하는 사람들은 구체적인 일상과 생각과 감정들을 공유하면서, 서로에게 독자가 되어 주고, 정서적 지지자가 되어 준다. 그러다 보니 자기 검열이 덜한 글, 마음을 털어 놓는 글을 쓸 수 있는 것 같다. 이것도 이를테면 글쓰기의 치유적 효과라고 부를 수 있겠다.

이번에 각 시즌 참여자의 글 세 편씩을 골라 『오백 번의 로그인』을 펴내는 것은 500일 동안의 성과를 정리해 보자는 뜻도 있지만, 이러한 글쓰기 모임이 현대사회에서 개인이 느끼는 고립감을 해소하고 유대감을 형성하는 공동체 역할을 할 수 있겠구나 싶어서, 이러한 글쓰기 운동이 확산되었으면 하는 바람 때문이었다.

강 목사님과의 개인적인 인연으로 멀리 캐나다에서 표지 디자인을 맡아준 정순영 님과, 삽화를 그려준 이세라 님, 무한한 참을성으로 이 책을 기다려준 경진출판 양정섭 대표께 깊은 감사를 드린다.

2019년 10월
글쓴이들을 대표하여
이미란

목차

〈시즌 5〉 2019. 3. 1. ~ 2019. 6. 8.

〈시즌 1〉

2017. 3. 1. ~ 2017. 6. 8.

구효서의 「풍경소리」

gratia

구효서의 「풍경소리」는 잘 익은 작품이다. '치유의 도정'이라는 주제와 고즈넉하고 평화로운 산사의 배경, 느긋하면서도 따뜻한 인물들, 그리고 이러한 소설적 요소들을 잔잔하고 감각적으로 담아낸 문체가 잘 어우러져, 소설 속에 등장하는 음식들처럼 넉넉한 햇볕과 바람과 시간 속에서 우려져 나온 것 같은 글이었다.

주인공 미와는 죽은 엄마를 소환해 내는, 고양이 울음소리에 시달리다 성불사를 찾는다. 엄마의 삶은 미와에게 의문투성이이며, 거기에서 기인한 자신의 존재 역시 미와에게 불확실하다. 어렸을 때 자신을 레고와 함께 내동댕이쳐서 키운 엄마, 그리고 자신을 버리고 고양이와 함께 훌쩍 미국으로 떠나버린 엄마는 미와에게 이해할 수 없는, 생각만 해도 쓸쓸해지는 존재이다.

과거의 시간을 레고 블록과 함께 지내다가 나노 레고업체에 특채

된 미와—여기서 레고는 성불사에 오기 전 미와의 성격 혹은 삶을 상징한다—그 정합성의 세계에서 엄마는 이해할 수 없는 존재이며, 미와를 결핍으로 내모는 존재이다.

성불사에서 미와는 먼저 '왜'를 버리는 법을 배운다. 인간의 논리를 버리고 자연을, 현상을 그대로 수용하는 법. 그렇군요…. 또 성불사의 따뜻한 인물들이 베푸는 음식을 통해 정신적 허기도 채워 나간다. 미와에게 가장 큰 깨달음을 준 존재는 영차보살. 그녀의 삶에서 미와는 "선고된 숙명을 너끈히 살아내는 자의 엄숙하고도 쓸쓸한 행로"를 보며 자신을 관통하는 어떤 서슬을 느낀다. 엄마의 삶이 영차보살의 삶과 겹쳐지며 이해되는 순간인 것이다. 그녀는 비로소 엄마의 휘핑크림을 사무치게 그리워한다. "된장에 황태를 넣지 말아야 할 이유보다 넣어야 하는 더 큰 이유가 있으면 넣지요."라는 영차보살의 말도 작은 이유 때문에 더 큰 이유를 몰랐던 자신을 알게 된다. 미와는 몸으로, 텅빈 허공을 체험하며 맹렬한 풍경소리를 듣는다. 묘음(貓音)이 아닌 묘음(妙音)을….

이 소설은 두 개의 플롯이 교차하는데 미와가 서술자인 미와의 글쓰기는 미와가 내면적 성찰을 통해 트라우마에서 벗어나는 과정을 보여주고, 이러한 미와를 관찰하는 (소리의 근원이라고 스스로 칭하는) 또 하나의 서술자는 미와의 변화를 불교적 묘리와 함께 독자에게 전달하는 역할을 한다.

(2017. 3. 3.)

봄새: 이해할 수 없는 것들도 있더라구요. 그럴 땐 그냥 수용하라는데 또 그게 그렇게 힘들어요. 나의 한계를 스스로 느끼고 허물어야 하니까요. 경계 없음이, 그 모호함이….

second rabbit: 잘 익은 소설이라는 평에 공감합니다. 저는 가장 기억에 남는 장면이 성불사의 모든 사람들이 모여서 한 목소리로 미와에게 "어디서, 오셨습니까"라고 묻는 장면이었습니다. 모든 종교적 예전의 원형이 언뜻 보였다는 느낌이었어요. 거기에 우리는 기껏해야 "서울"이라고 말할 수밖에 없는 존재들이지요. 슬프게도….

쑥국

gratia

지난 주 엄마가 전화로 쑥국 좀 끓여 줄까라고 물으셨다. 아, 좋지요. 입에 붙은 대답을 했는데, 어제 성당에 다녀오면서 쑥국을 받아 들고 좀 후회했다. 팔순이 넘은 엄마가 어깨와 무릎의 통증을 호소했기 때문이다.

삼 년 전엔가 대전에 사는 친구가 김장 때문에 광주에 내려온다고 전화를 해서 "엄마네 집에 김치 가지러 오는구나!" 했더니, "아니, 김치 가져다 드리러…" 하는 것이었다. 아, 이제 내 나이쯤 되면 엄마에게 음식을 얻어먹는 것이 아니라, 엄마에게 음식을 가져다 드려야 하는 거구나. 많이 반성했다.

엄마는 용꿈을 꾸고 나를 낳으셨다고 한다. 작달막하고 튼실한 용이 집을 지키겠다면서 구들장 아래로 들어가더라는 것이다. 엄마는 방에 앉아 있었는데 그렇게 마음이 든든할 수가 없었다는 것이다. 그 꿈 이야기를 들은 할머니가 "용이 하늘로 날아가야지, 웬 구들로 들어가냐? 애 목숨이 짧을 수 있으니, 애한테 애착을 갖지 마라."고 했지만, 엄마는 아이가 자신을 지켜 줄 거라는 확신을 가지셨다고 한다.

우리 사회에서 한 여성이 자리를 잡기까지, 또 한 여성의 헌신이 있어야 가능한 일이다. 엄마는 육아에서부터 살림까지, 학업과 직장 생활을 제외한 나의 모든 것을 도맡아 주셨다. 당연히 우리 집에서는 할머니표 음식, 장모님표 음식이 가장 인기가 있었다. 우리 식구들 모두 김밥을 좋아했는데, 쑥국이나 시래기국이 맛있는 계절이 되면, 엄마는 온 식구들이 먹을 김밥을 싸서 새벽같이 국과 함께 가져다주시곤 했다. 또 식구들이 좋아하는 음식에 달래 무침이 있었는데, 달래가 나오면 엄마는 1리터 락앤락 그릇 가득 달래를 무쳐 주시기도 했다. 내가 먼저 달래를 무쳐 달라고 청할 때도 많았다.

엄마의 집에서 멀리 떨어진 운암동으로 이사한 지 십 년이 가까워지고, 엄마의 기력도 예전 같지 않아 김장을 제외하고는 식생활 면에서는 거의 독립적으로 살고 있다. 재작년엔가는 달래가 먹고 싶어, 달래를 사다가 남편과 다듬었는데, 조그만 뿌리 하나하나를 손질해 흙을 씻어내는 과정이 얼마나 오래 걸리던지, 눈이 빠질 것 같았다. 게다가 한 봉지를 다듬어도 한웅큼밖에 되지 않았다. 다시는 엄마에게 달래무침 이야기를 꺼내지 말자. 그때 남편과 합의한 말이었다.

집에 와서 냄비를 열어 보니, 바지락을 넣은 쑥국이었다. 한입

먹어보니 내가 끓인 쑥국과는 맛의 깊이가 달랐다. 엄마에게 전화를 했다.

"엄마, 쑥국 참 맛있어요. 바지락까지 넣으셨네요?"

"맛있게 끓여 줘야지, 마지막이 될지도 모르는데…."

나는 눈물이 핑 돌았다. 이제는 정말 내가 엄마에게 음식 공양을 해야 할 때가 된 것 같다.

(2017. 3. 12.)

봄새: 얼른 노하우들을 배워 놓으셔야겠네요. 앞으로 그리울 땐 직접 만드셔야 할지도 모르니까요.

second rabbit: 그러고 보면 여성은 정말 생산적일 가능성을 물려받는 존재들이라는 생각이 들기도 합니다. 공양이 공급하여 자양한다는 말이라고 하는데, 제가 자신을 돌이켜 보니 뭔가를 공급해서 자양할 수 있는 존재가 아닌 것 같다는… 참 낭비적인 존재라는 자괴감이… ^^;

우슬초: 마지막 어머니 말씀에 저도 같이 뭉클해지네요.

미세먼지 나쁨

gratia

아버지가 집에 다니러 오셔서 병원에 안 가겠다고 버티시면 어쩌나. 아버지를 모시러 가는 마음이 무거웠다. 하늘이 무너질 듯 근심스런 얼굴을 하고 있는 엄마를 보며, 한편으로는 엄마가 배우자가 감당해야 할 몫을 해내려 하지 않는 것처럼 느껴지기도 했다.

그러나 곰곰 생각해 보면 십여 년 전, 아버지가 뇌수막염으로 8일 동안이나 혼수상태로 있다가 깨어나, 제대로 생활할 수 있기까지의 긴 병수발은 엄마가 도맡았다. 그때만 해도 엄마가 70대 초반이었으니 그게 가능했던 것이다. 지금은 당신 몸 추스르기도 버거운 나이니, 아버지를 떠맡게 될까 봐 겁내는 것은 당연한 일이다.

아버지를 휠체어에서 차 뒷좌석으로 어렵게 옮기고, 집으로 오는데 10분쯤 지나자 갈증을 호소하신다. 나중에 동생에게 들어보니, 심부전증으로 몸이 붓는 것을 치료하기 위해 이뇨제를 쓰고 있어

체내의 수분이 빠져 나가는데, 수액 공급이 중단되니 그랬던 모양이다. 화순 병원에서 산수동까지는 자동차로 20분 남짓인데, 차안에서는 계속 졸고 계셨다.

다행히 병원에서 휠체어를 빌려왔기 때문에, 남편이 아버지를 안아 휠체어에 앉히고 큰동생과 조카들과 함께 휠체어를 들어 단독주택의 문턱들을 통과해서 안방까지 들어왔다. 아버지는 휠체어의 방향을 돌려 달래서 안방을 둘러본 후 화단 쪽을 향해 앉았다. 농업고 출신인 아버지는 화훼에 관심이 많으셨는데, 꽃나무들을 이리저리 옮기며 과하게 식물들을 돌보셨다. 병원에 오기 전까지는 동백나무에 요강의 생오줌을 붓는 바람에 가족들이 괴로웠다고 한다.

갈비탕 국물에 만 밥 몇 술과, 삶은 전복 몇 점을 드시고는 음식을 거부하셨다. 아버지를 위해 엄마가 준비한 데친 문어와 전복, 갈비탕은 나머지 식구들이 잘 먹었다. 내가 아버지 휠체어에 가장 가까운 자리, 침대가에 걸터앉게 되었는데, 아버지는 나를 보고 "있을 때, 많이 먹어…"라고 하셨다. 건강하셨을 적 뷔페에 가면, 아버지는 놀라울 정도로 고기를 가져다 드셨는데, 아마도 그래서였나 보다. 한 달에 한 번 정도밖에는 우리가 시간을 내어드리지 못했기 때문에….

한 시간쯤 지나자 아버지는 숨쉬기가 어렵다며 산소호흡기를 가져오라고 하셨다. 집에는 없으니, 병원으로 갈까요? 했더니 순순히 고개를 끄덕이는 것이다. 차를 타고 다시 병원으로 가는데, 힘이 드는지 호흡이 거칠어지며, 병원이 너무 멀다고 되뇌이시는 것이다.

병원에 도착해서 산소호흡기를 끼고, 링거를 맞기 시작하자 아버지는 까무룩히 잠에 빠지셨다. 아버지가 병원 침상에서 의료 조치를 받으며 잠든 모습을 보니 마음이 편해졌다. 동생 방에서 차 한잔을 마시고, 인터넷으로 주문한 작은 수납장(병원 수납장이 너무 커서, 아버지가 일기며 미사책을 옆에 두기 불편했다)을 두려고 남편과 함께 병실로 갔더니, 아버지는 그새 한숨 주무셨는지 말간 얼굴로 앉아 계셨다. 발이 바닥에 닿아 있기에 슬리퍼를 신겨 드렸더니, "오늘 산수동에 가야지." 하시는 것이다. 방금 산수동에 다녀왔다고, 아버지가 숨쉬기가 힘들다고 병원에 가자고 하지 않으셨냐니까 이해를 못하시는 것이다. 오늘 당신의 집에 다녀왔던 일은 아버지에게는 꿈결이 된 셈이다.

하루 종일 미세먼지가 나쁨 상태였다. 뇌세포에 단백질이 끼는 게 치매라더니, 아버지 머리에 미세먼지처럼 끼어든 단백질도 이제 나쁨 상태가 된 모양이다. 아버지가 집에 있겠다고 고집을 피울 수 있다는 건, 당신의 건강이 아직은 괜찮다는 신호일 수도 있다는 것을 우리는 몰랐다.

(2017. 4. 30.)

우슬초: 저희 할머니도 매번 집에 가고 싶어하셨죠. 아빠는 그런 할머니께 잠깐 일만 보고 오겠다는 말로 달랜 채 할머니를 두고 왔는데 결국 그렇게 할머니 집에는 가보지 못한 채 떠나셨어요. 그게 마음에 걸리네요.

솜사탕: 미세먼지는 나빴지만, 이 푸른 시절은 그리운 집에 다녀오시기 적당한 시간이었네요.

봄새: 어느 순간 집에 다녀오신 걸 기억하실지도 몰라요. 맑음 흐림이 교차하시는 듯하네요. 맘은 산수동에 계신 것 같아요.

종이 없는 가방

연말에 아이패드를 장만하여 애플 3종 세트를 완성하였다. 펜까지 구비했다. 요즘 목표는 종이 없는 책가방이다. 보고서나 논문 쓸 때 필요한 참고문헌들은 진즉 아이클라우드에 저장해뒀다. 출석부도 복잡한 몇 단계를 거쳐 아이패드에 담았고, 수업자료도 학생용 pdf는 물론 내가 볼 키노트 파일도 변환하지 않고 그대로 볼 수 있다. 드디어 오늘 아이패드와 펜만 달랑 들고 수업하러 갔다. 그동안 강의실에 코트도 벗어놓고 그냥 나오고, 텀블러 찾아 삼만리는 한두 번이 아니었는데 이제 아무 것도 잊어버리지 않을 것 같다.

현란한 기교로 노트북과 패드의 최대 성능을 다 활용하지는 않는다. 그럴 능력이 없다. 난 이 두 제품의 차갑고 매끄러운 알루미늄 촉감이 좋다. 그리고 사뭇 조용하고 경쾌한 키보드도… 이 최신

24 〈시즌 1〉 2017. 3. 1. ~ 2017. 6. 8.

기계들이 나에게 매력적인 이유는 처리 속도나 그래픽 이런 게 아니고 원초적인 감각을 충족시키기 때문이다. 서늘하고 매끄러운 촉감의 화면이나 터치패드를 손으로 툭툭 건드려 화면을 키우거나 줄이거나 사라지게 하는 행동은 새로운 '접촉위안'이다. 어린이들이 곰인형, 무릎담요를 만지작거리며 정서를 조절하는 것과 거의 유사하달까.

(2017. 3. 16.)

봄새: 기계가 접촉위안을 준다. 어쩜 사람보다 나을 수도 있겠네요.

gratia: 솜사탕님, 있어 보여요. ㅎㅎ

second rabbit: 위안을 주는 접촉이라는 감각의 형식도 시대에 따라 달라지는군요. 아마 우리 윗세대라면 그런 감각을 전혀 이해하기 못할텐데요. ㅎㅎ

우슬초: 아이패드로 논문 준비하다가, 아이패드가 없는 지금, 다시 온갖 종이뭉치들이 책상 위를 점령 중이랍니다. 이놈의 종이뭉치들…

너도 아프냐? 나도 아프다! 쳇~

솜사탕

차에 관심이 많다. 크지 않지만 외모가 빼어나며, 속도 또한 내 맘 같은 차를 갖고 싶다. 예컨대 '현재 상태-미래 어느 시점의 변화된 상태=문제의 심각도'로 보자면 사실 차의 소유에 관한 한 상당히 심각한 문제적 상태라고 볼 수 있다. 그런데 그냥 그런 욕망이 있다는 것 자체에 만족하는 편이며, 굳이 이번 생에 드림카를 리얼카로 구현할 것 같지는 않다.

차의 기본은 잘 굴러가는 것이며, 아무리 비싸더라도 소모품이니 필요 이상 투자도, 애착도 부질없다는 현실적인 신념을 실천 중이다. 일본 여행을 가기 바로 전날 신호 대기 중에 갑자기 시동이 스르르 꺼지더니, 잊을 만하면 비슷한 증상이 나타난다. 서비스센터에서는 아무리 살펴봐도 특별한 이상은 없다고 하며, 나의 불안과 위기의식을 전혀 이해하지 못한다. 다른 차나 사람이 자신의 차를 위협하는지를 녹화하기 위해서 블랙박스를 단다는데 난 내 차의 나에 대한 '만행'을 감시하기 위해서 내부 블랙박스를 달아야 하나… 싶다.

　나도 늙어가느라 이유 없이 피곤한데, 차까지 이러면 곤란하다. 쳇~

(2017. 4. 1.)

봄새: 흔히 돈으로 해결되는 게 가장 쉽다고 하는 사람도 있지만, 그것으로도 해결 안 되는 것이 더 힘든 것인지도 모르겠네요. 나부터 먼저 챙기세요. ㅎㅎ

gratia: 제목이 센스 있네요 ㅎㅎㅎ^^

우슬초: 그러게요. 마지막 문장이 확 와 닿네요.

학연, 혈연, 지연 중 최고는 지연

솜사탕

소설책 읽기 모임이 끝나고 같은 지역구에 사는 지인들과 집 근처 영화관에 갔다. 영화를 보고 나왔더니 부쩍 '추워'져서 따뜻한 사케와 어묵탕을 먹으며 온갖 수다로 우정을 나눈 후 집에 왔다. 이 정도 프로그램이면 이상적인 금요일 오후라고 할 수 있다.

처음으로 독립해서 혼자 살기 시작할 무렵, 지역사회(여기서 지역사회란 슬리퍼 끌고 걸어서 갈 수 있는 반경 내를 말함)에 아는 사람이 한 명도 없어서 칼퇴근 후 혼자 책 한 권 들고 집근처 카페에 가서 빈둥거리다 돌아오는 게 저녁 일과였다. 남녀노소를 가리지 않고 집 근처에 같이 놀 인간이 있었다면, 아마 학위 과정을 밟지 않고 더 재미있는 일을 찾았을 것이다. 어린이들에게 파자마 파티가 있다면 어른들에게는 슬리퍼 마실이랄까?

인위적인 공동체마을에는 회의적이지만, 우연히 가깝게 사는 사람들과 동네 카페나 술집을 찾아다니는 소소한 즐거움은 가능한 오래오래, 늙어서 할매가 될 때까지 누리고 싶다.

(2017. 4. 15.)

봄새: 첨단을 떠나고도 첨단 마실을 끊지 못하는 이유가 지연인 건 어쩔 수가 없더라구요.

second rabbit: 예전에 고등학교 때는 동맹이라는 이름을 붙이기 좋아하는 무리들이 있었죠. 동맹 탁구치기, 동맹 책읽기, 동맹 영화보기 등등. 그 중 압권은 동맹 잠자기 였다죠. ^^

평생지기 내 편

우슬초

내 핸드폰 속 남편 번호로 등록된 이름은 10년째 '평생지기 내 편'이다. '남의 편'보다는 평생 내 편이 되어달라는 의미에서 '평생지기 내 편'으로 저장해 둔 것이다.

그런 평생지기 내 편과 말을 안 한 지 벌써 10일째. 결혼 생활 10년, 그리고 7년 연애 시절을 통틀어, 이렇게까지 서로 말을 안한 것은 신기록이다. 서로 말을 안 하게 된 계기는 특별하지 않다. 그저 남편이 밥투정으로 밥을 뺀 둘째 아이를 조금 엄하게 혼낸 것뿐인데, 그 사소한 일이 계기가 되어 어쩌다 지금까지 서로 말을 안 하고 지내고 있다.

그런데도 신기하다. 우리 둘 사이에 아이들이 있으니, 모든 대화는 아이들을 통해서 다 이루어진다. 아이들 앞에서는 엄마 아빠가 냉전 중이라는 것을 들키지 않으려는 듯, 우리 둘 모두 아무렇지도 않은 표정으로 아이들과 대화를 나누며, 아이들을 매개로 서로에게 필요한 정보는 다 주고받는다. 심지어, 어제 아이들의 새 운동화를 사러 갔을 때에도 서로 아무 말을 나누지 않은 채, 오로지 아이들을 통해서만 대화가 이루어졌으니 말이다.

문제는 진즉 화해의 제스처를 취했을 남편인데, 어찌 이번에는 남편의 침묵이 꽤 오래간다는 것이다. 나 또한 사소한 일이 계기가 되어, 괜스레 지난 10년 동안 남편에게 서운했던 일들이 한꺼번에 몰려오며 남편을 원망하는 마음이 든다. 제대로 된 프러포즈도 하지 않고 결혼한 것, 임신했을 때 밤늦게 뭐 먹고 싶은 것 사달라고 조를 수 있는 기회를 안 준 것, 결혼 10주년 기념 여행도 가지 못하고 지나간 것….

그런데 지금 이 글을 쓰는 순간, 가장 서운했던 이 세 가지가 남편 탓이 아닌 내 탓이라는 생각이 불현듯 드는 이유는 무엇일까. 여러 형편상 결혼 준비가 안 되어 있는 남편에게 그냥 결혼하자고 졸랐던 것도 나였고, 임신했을 때 특별히 먹고 싶은 것이 없어서 조르지 않았던 것도 나였고, 결혼 10주년을 앞두고 학교 출장으로 5일이나 아이들을 시부모님께 맡기는 바람에 차마 단 둘이 여행 가겠다는 말을 못 꺼낸 것도 나였으니 말이다.

그렇게 남편과의 침묵을 이어가면서 이런저런 나를 되돌아보는 시간을 가져야 하나 하는 와중, 오늘 드디어 지난 10일 동안의 침묵이 깨지려는 모양이다. 퇴근 무렵, 도서관에서 몽땅 책을 빌려서 나오는 나를 위해 남편이 아무 말 없이 차 문을 열어주고, 엘리베이터 앞에서는 내 가방과 책을 말없이 가져가 들어주는 것이 아닌가. 그 순간, 나도 모르게 씩 미소가 나오는 것을 억지로 참았다.

이렇게 남편과의 냉전이 끝나버리면 너무 싱거운 것은 아닌가 싶어 10일 동안 하고 싶은 말 꾸욱 참아왔던 나로서는 뭔가 억울한 느낌도 들지만, 뭐 어쩌겠는가. 내 핸드폰 속 남편 이름은 아직도 평생지기 내 편인 것을….

(2017. 3. 2.)

---

gratia: 어… 너무 착한 글…^^

솜사탕: 그러니까… 책과 가방을 내주지 말았어야 해요. ㅋㅋ

집이 헐리다

우슬초

집이 헐렸다. 집이 헐리는 데까지 17년이 걸렸다. 퇴근길마다 어쩔 수 없이 신호 대기 중에 보게 되는 허름한 집의 언저리를 보면서, 애써 그 집을 외면했었다. 그런데 기어코 그 집이 헐려버렸다. 다행인지 불행인지 그 집이 헐린 과정을 목도하지는 못했으나, 집이 있었다는 흔적조차 사라진 공터를 바라보니 마음 한구석이 허전해진다. 이해할 수 없는 기분이다.

한 TV 프로그램 중 〈내 집이 나타났다〉라는 프로그램이 있다. 어려운 형편의 가정을 찾아, 낡고 위험한 집을 허물고 새 집을 지어주는 프로그램이다. 새 집을 갖게 될 가족들은 통과의례처럼 자신이 살던 집이 허물어지는 과정을 지켜보아야 한다. 한결같이 그 가족들은 자신이 살던 집이 허물어지는 모습을 보며 매우 안타까워했다. 이해할 수 없는 일이었다. 더럽고 낡은 집 대신 새 집을 지어

주고자 그 집을 허무는 것인데, 왜 그들은 그런 표정을 지었을까. 그런데 막상 그와 비슷한 일이 나에게 닥치니 나도 모르게 집이 헐렸다는 사실이 계속 마음에 남아 있다.

헐린 집은 내가 대학 1학년 때부터 6년 가까이 살았던 집이다. 아빠의 사업 실패로 전세금과 세간살이 등이 모두 경매로 넘어가고, 쫓기듯 이사 간 곳이 바로 그 집이다. 곧 재개발을 할 터인데, 그때까지 알아서 살라고 아빠 친구 분이 내어준 집이었다. 겨울 폭설 때에는 낡은 기와집에 쌓인 눈 때문에 지붕이 무너지지는 않을까 걱정을 했었고, 여름 태풍이 닥치면 지붕 밑으로 떨어지는 빗물을 받아내기 일쑤인 그런 집이었다. 화장실도 시골 할머니 댁보다 못한 그런 재래식 화장실. 그런 곳에서 무려 6년이나 살았다.

대학 1학년, 내 스스로 경제활동을 할 수 있게 되면서부터 과외, 서점 아르바이트 등을 하면서 당시 기숙사 생활을 하던 고등학생인 남동생의 학비와 내 학비 등은 스스로 감당해야 했었다. 그리고 7년 후, 내가 모은 2천만 원으로 첫 입주를 시작한 주공 임대 아파트에 당첨되어 그 집을 떠나게 되었다.

처음 그 집에 들어갔을 때부터 이 집은 곧 헐릴 것이라고 들었는데, 이제야 집이 헐렸으니, 집이 헐리기까지 17년이 걸린 셈이다. 그 집을 떠나 19평짜리 임대 아파트로 이사 오던 날, 방 2개가 다였지만 그 새 아파트는 무척 소중했다. 이제 막 입주를 시작한 새 아파트였는데, 입주가 가능한 첫날, 텅 빈 아파트로 그 즉시 이사를 갔다. 추운 겨울을 앞둔 12월의 어느 날이었다.

지금 나는 34평 새 아파트, 그것도 이 지역에서는 나름 살기 좋은 동네에 살고 있다. 가끔 이 동네에 산다는 이유만으로도 다른 사람들은 나에게 "그래?"라는 의미심장한 반응을 내비친다. 비록 은행과 공동소유를 하고 있으나, 그래도 이 집의 소유주는 다름 아닌 나이다. 시댁의 도움도, 친정의 도움도 없이 오직 나와 남편이 함께 마련한 집이다. 그래서 나는 가끔 퇴근길에 아파트 입구에 들어설 때마다 나 자신을 토닥거린다. "고생했어."라고 말이다.

그런데 이젠, 지금의 집과 극명하게 비교가 되어 주었던 그 집이 헐리고 그 자리에 새 아파트가 들어온다면, 내가 나 스스로에게 들려주었던 '위안'의 가치가 가벼워질 것만 같다.

(2017. 3. 15.)

솜사탕: 뭐랄까…. 응답하라 시리즈를 보는 듯한 기분이에요.^^ 평소에 우슬초 님이 교과서 같은 사람이라고 생각했더니 역시 발달이론의 교과서 같은 청소년기와 성인기를 살았었군요. (토닥토닥~)

봄새: 어떤 의미에서는 안 보아서 좋기도 하고 어떤 의미에서는 추억의 장소가 사라져 다시 볼 수 없음에 안타깝기도 하고 그러네요. 그래도 그 땅은 그대로 있잖아요. 내가 살았던 땅으로 기억될 것 같아요.

second rabbit: 복잡한 심경이실 것 같습니다. 저는 제가 오랫동안 살았던 곳을 한 번도 돌아가 보지 않았습니다. 아마도 겁이 났기 때문이었을까요? 거기서 무엇을 보든 맘에 들지 않을 것 같아서?

gratia: 마음속에 영원히 남아서 좋은 소재가 되겠지요. ^^

사교육의 시작

우슬초

현재 일곱 살 된 첫째 아이의 사교육은 어린이집에서 2시 20분까지 진행되는 정규반 이외에 50분 정도 더 진행되는 어린이집 문화센터 수업이 다이다. 맛보기식으로 미술 이틀, 영어 이틀, 만들기 체험 하루, 이렇게 총 5일 정도 배우는 데 드는 교육비는 15만 원.

첫째 아이의 다른 친구들은 문화센터 수업 이외에도 피아노와 태권도 학원을 다니는 듯하고, 집에서도 별도의 영어 프로그램과 한글, 독서 프로그램을 과외 받는 경우도 많다고 한다. 그런데 불행인지, 다행인지 첫째 아이는 학원 다니는 것을 싫어한다. 피아노는 일주일에 한 번씩 오는 고모로부터 천천히 배우고 있고, 영어는 문화센터 수업으로도 충분하고, 한글은 이미 다 알고 있으며, 독서는 밤마다 엄마가 책을 읽어주고 있고, 태권도는 이렇게 매일 집안에서 노는 것만으로도 충분하다는 것이 아이의 논리였다.

그런데 우연히 친구들이 태권도 학원에서 외치는 구령 소리를 들은 이후로 요즘은 태권도 학원을 보내달라고 성화이다. 아들에게 5일의 시간을 주고, 5일 동안 태권도 학원에 다니고 싶은 생각이 매일 드는지를 생각해 보라고 했는데, 오늘이 그 5일째가 되는 날이다. 물론 아이는 한결같이 태권도를 배우고 싶단다. 엄밀히 말하면 태권도를 배우고 싶은 것이 아니라, 태권도 학원에서 친구들과 놀고 싶다는 의도가 강하다. 그 사이, 아들은 자기 나름대로 친구들로부터 태권도 학원에 관한 정보를 하나씩 수합하여 들려주는데, 어제 나에게 대단한 발견인 양 말해 준 정보는 바로 이것이다.

"엄마, 태권도 학원은 돈 안 내고 카드만 있으면 된대요."

내가 태권도 학원은 비싸다고 했더니, 아들 녀석은 카드만 있으면 뭐든 해결이 되는지 알았나 보다. 태권도를 떠나서 아들에게 경제 공부부터 시켜 주어야겠다.

(2017. 4. 20.)

---

gratia: ㅎㅎ 귀여운 녀석, 엄마의 경제 사정을 고려해 주는군요. ^^

second rabbit: 저는 운동이나 예술 쪽은 가능하면 시켜 주자는 주의인데요. 그런 활동이 사실은 더 중요하다고 생각해서지요. 저희 애들은 둘 다 피아노를 초등학교 내내 했는데, 그건 정말 잘한 것이라고 확신하고 있거든요. 그런데 음악을 전문적으로 하려고 하지 않는 애들 중에 초등학교 내내 피아노 학원을 다니는 애들은 정말 드물다고 하더군요. 저는 그것도 좀 얄팍하다는 느낌이 들기도 하지만….

봄새: 올 둘째도 ATM에서 인출하는 것보고 카드 들고 가서 뽑기만 하면 된다길래 은행 계좌에 먼저 넣어두고 쓰는 거라 설명해 줬었네요. 애들은 어쩜 그리 비슷할까요. ㅎㅎ

실타래

봄새

중학생이던 시절 수업시간에 딴 짓이 하고 싶은 순간 공책 귀퉁이에 선을 긋고 동그라미를 그리고 낙서 삼매경을 헤매는 중 계속 같은 그림을 그리고 있다는 걸 알게 되었다. 여러 개의 선과 동그라미들이 얽혀 굴레를 만들고 그러다 인간상의 굴레에 얽힘들을 연결시키고는 어린 나이에 인생이 뭔가를 고민했던 것 같다.

취미생활 중 하나였던 뜨개질은 벌써 30년이 넘도록 가끔씩 계속하고 있는 오래된 습관이다. 1994년 12월 한국에 들어온 지 10개월 가량 되었을 때 쯤 한 달 정도 다시 미국으로 큰아이를 데리고 나갔다. 앰허스트 노스 플레전트 스트릿에 있는 작은 실 가게에서 여러 가지 실을 사서 크리스마스심볼 프린트, 눈꽃모양 등의 디자인을 넣어 아이의 스웨터를 짰다.

무료함을 죽이는 방법으로도 딱이었고 새로운 모양들이 만들어져 나오는 즐거움에 밤에 잠도 자지 않으면서 부지런히 완성하여 그 겨울 추위를 이기는 데 요긴하게 입혔다. 약간 두꺼워 밖에서 놀 때는 좋았지만 실내에서 입기는 약간 불편했는데 아이는 엄청 활동적일 때라 가끔씩 입기 싫어하기도 했던 것 같다. 아이가 자라고 여러 번 이사를 할 때 아이는 버려도 좋다고 했지만 그 스웨터를 버릴 수 없어 챙겨 들고 다녔다. 그것이 벌써 24년 나이를 먹었다. 어느 날 옷장 정리를 하다 큰아이에게 버릴까 물어 보면 그냥 두라고, 자신의 유년이 간직되는 것 같아 좋다고 했다.

　낮에 이런 저런 생각을 하다 중학생 때 그린 그림들과 실타래가 떠올랐다. 실을 엮어 무엇을 만들기도 하지만 나는 지금 짜여진 무엇에서 실을 풀어내고 있다. 인생이란 굴레에서 뭔가를 풀어내어 버리고 싶은 것처럼! 중학생 시절 그렸던 그 원에서 실을 풀어내어 빈 공간이 생기도록, 끝내는 그것도 선이 되어 버리기를!

(2017. 3. 3.)

---

gratia: 실을 푸는 시간… 참 좋네요. 굴레에서 자유로워지고 새 삶을 자을 수 있기를!

우슬초: 실을 잘 푸는 일도 어려운 일이죠.

second rabbit: 저는 실을 꼬이게 만드는 일에는 재능이 있었습죠. ^^; 영어로 all thumbs라고 하죠. 모든 손가락이 엄지니까.

도다리쑥국

봄새

봄이 되면 먹고 싶은 음식 중에 생각나는 것이 도다리쑥국이다. 몇 해 전 큰아주버님이 유행성출혈열에 걸려서 창원 어느 병원에 입원을 하고 있었다.

병문안을 끝내고 늦은 점심을 먹으려고 낯선 동네를 돌다 음식 이름만 보고 들어갔다. 맑고 향긋한 쑥내음에 도다리가 지리탕처럼 들어 있었는데 맛있었다. 광주에 산 지 15년쯤 됐을 때라 나는 경상도 쪽으로 가면 음식이 맛이 없어 그쪽 식당은 웬만하면 가지 않으려고 했었다.

그런데 정작 광주에선 도다리쑥국을 하는 곳이 울집 주변에 없어서 봄만 되면 그 맛을 그리워했다.

자주 가는 단골 횟집 사장님에게 그 얘기를 한 지 올해 2년이 되었는데 며칠 전 처음으로 메뉴에 추가되었다고 남편은 며칠 더 있다 가보라고 하였다.

오늘 친구와 친구동생이랑 부러 그 집에 가서 시켜 먹었다.

된장이 좀 많이 들어가 도다리된장쑥국이 되어 있었다. 맛이 어떠냐고 물으시길래 쑥을 처음부터 넣지 않고 국물 끓고 나서 넣을 수 있게 따로 주시면 좋겠다는 얘기와 어린 쑥을 넣고 된장을 줄이는 게 낫겠다는 말도 조심스럽게 했다. 이제 두어 번 해보니 아실 것 같다고 하길래 잘 끓일 수 있을 때까지 틈틈이 오겠다고 농담을 하고 왔다.

봄이 되면 떠오르는 음식을 먹을 수 있는 것만으로도 충분했다. 그리고 고마웠다.

(2017. 3. 18.)

---

gratia: 그 주방장 센스가 없네요. 생선과 쑥을 같이 넣으면 쑥향이 생선 맛에 가려지는 것을 모르다니요.^^

second rabbit: 한 번도 구경 못해본 음식입니다. 아니면 먹어 보았는데 기억을 못할 수도 있겠죠. 도다리쑥국, 이름은 맛있게 들리네요. 마치 새가 지저귀는 소리처럼 들리기도 하고 ^^;

봄새: 통영의 대표음식이라네요.

우슬초: second rabbit 님과 같은 생각을 했어요^^ 도다리쑥국. 어떤 맛일지 궁금하네요~

광주극장

봄새

광주극장을 2년 만에 다시 찾았다. 여성 감독들의 영화들을 상영할 때 가 보았던 것 같다. 일 포스티노를 재방영 한다길래 비도 오고 월요일이고 평소 아침 일찍 일어나지 않는 편인데 이모 노릇 하느라 너무 일찍 일어나서인지 리듬이 깨진 채로 나갔다. 집중하고 싶었는데 중간 중간 집중이 되지 않기도 했다. 여러 번 TV에서 재방을 해주어 보았던 영화였지만 광주극장 살리기 운동의 일환으로 하는 행사여서 다시 보러 간 것이다. 과거에 영화로웠던 극장은 초라하고 케케묵은 냄새로 좀 아쉽다는 느낌은 항상 들지만 그래도 사라지지 않고 있어서 다행이라 생각한다. 문화생활도 부지런해야 챙기고 즐기는 것인 것 같다. 직업적으로 아니면 타고난 천재적 재능으로 시를 쓰는 시인들과 대비되어 마리오의 모습은 실제 생활에서 체험한 것들을 풀어내는 것 같아 인상 깊었다. 말을 못 하던 아이가 조금씩 말을 배워 언어를 구사해 내는 것처럼 시집을 읽으면서 시적 은유들을 터득하고 자신의 생각들을 펼쳐내는 모습은 내재된 것들이 외형화되는 실천으로도 보였다. 섬의 아름다운 소리들을 녹음하는 부분이 특히 좋았던 것 같다. 그물을 표현하는 형용사로 서글픔을 말하는 마리오!

실제 어부들의 삶이 고스란히 담겨서 전해졌다. 명대사들도 많아 좋았는데 유명한 네루다에게 겁 없이 어쩌면 몰라서 대범한 말들을 하는 모습들도 신선했다.

(2017. 4. 18.)

솜사탕: 그러니까요. 시민들이 모금을 하든지, 시에서 돈을 내든지, 광주극장의 원형을 보존하되 이용하고 싶은 곳으로 만들었으면 좋겠어요.

gratia: 광주극장도 광주를 찾는 이에게는 소개할 만한 곳이지요… ^^

A good place to begin

second rabbit

"누구나 아마 어떤 면에서는 장애를 안고 있다고 할 수 있는 사람들이 함께 자유주의 사회를 형성하고자 할 때, 삶이란 불완전하고 불확실하다는 사실을 솔직하게 받아들이는 데에서 시작하는 것은 바람직해 보인다."

마사 너스바움의 책, 『혐오와 수치심』의 마지막 문장이다. "바람직해 보인다"는 그의 말을 몇 번이고 다시 읽었다. 그 바람직한 삶이란 얼마나 어려운 것인가. 나의 사고가, 나의 삶이 불완전하고 불확실하다는 사실을 솔직하게 받아들인다고? 그러기에는 우리의 사고는 구제 불가능하게 자기중심적이지 않은가. 아니 나르시시즘적이지 않은가. 우리는 우리의 사고가 올바르다는 암묵적인, 무의식적인 가정 위에서, 즉 나는 완전하다는 가정 하에서만 사고라는 기능을 작동시키는 존재가 아니던가. 내가 지금 하는 생각은 불완전하거나 잘못되었다는 가정과 동시에 우리는 사고할 수 없지 않은가. 주체는 필연적으로 속이는 존재. 무엇보다 먼저 나라는 불완전함을 속여야만 비로소 자아가 출현하는 존재. 그런 것이 우리가 아니던가. '바람직해 보이는' 삶을 사는 것이 어떤 것인지를 우리는 잘 알지 못한다.

예전에 GTU에서 기독론을 수강했던 프란시스칸 사제이자 교수님이 해준 이야기를 잊지 못한다. 그가 중국에 갔을 때, 그러니까 그때는 1970년대여서 미국인이 사회주의 국가인 중국을 가는 것 자체가 드문 일이었을 때, 거기서 한 중국인 가이드를 만났다. 며칠을 함께 다녀서 좀 친분이 쌓인 후에 개인적인 대화를 나눌 기회가 있었다. 이런 저런 이야기 끝에 그는 그 가이드에게 물었다. 당신도 기독교인인가요? 그러자 그가 잠시 고개를 꼬고 생각에 잠기더니 이렇게 대답했다. Yes, sometimes. 당시에는 웃고 말았지만, 그 Sometimes Christian의 대답이 교수님의 마음에 오랫동안 남았다고 한다. 이야기 끝에 교수님은 우리에게 웃으며 말했다.

"생각해보니 나도 그렇더라."

그리고 우리에게 물었다. 당신은 어떤가? 당신이 기독교인이라고 말한다면, 매 시간 매 분 매 초를 기독교인으로 사는가?

소크라테스가 검토하지 않는 삶이 살 가치가 없다고 주장했을 때, 아마도 그는 검토하는 삶의 어려움을 자각하고 있지 않았을까. 다행인 것은 검토하는 삶, 바람직해 보이는 삶을 사는 것의 어려움은 우리에게 고통일 뿐만이 아니라 선물이기도 하다는 사실이다.

너스바움이 말하는 것처럼 그것을 인정하는 것이 'a good place to begin'이라는 데 이의가 없다.

(2017. 3. 1.)

---

gratia: ㅎㅎ 조금만 더 나이 들어 보세요. 저절로 자신의 기억을 검토하며 살게 됩니다. ^^

우슬초: "Yes, sometimes." 기독교인인 저로서도 가슴 찔리는 말이네요. 둘째가 3살 되었을 때, 은채 마음속에는 하나님이 계신다고 했더니, 눈을 동그랗게 뜨며 서투른 말로 "아니야, 없어."라고 말하던 것이 기억나네요. 3살 된 아이 입장에서는 눈에 보이지 않은 하나님의 존재를 이성적으로 이해하기 어려웠나 봅니다^^ 그래도 지금 이 시각, 내일 첫 어린이집 등원을 앞두고도 자지 않고 저를 방해하는 둘째에게 "은채야, 하나님, 어디에 있어?"라고 물어보니, 그래도 씩~ 웃으며 고사리 같은 손으로 자기 가슴을 두드리는군요^^

봄새: 검토하는 삶, 바람직한 삶이 선물인 동시에 고통!! 공감이 되는 부분이네요. 오늘 아들 떠나기 전 점심 먹으며 했던 말, 이 일을 하면 엄마 아빠가 부끄러워하지 않을까 한번만 생각해보고 행동했으면 좋겠다고 부탁을 했는데, 정작에 나는 그리했을까요?!

와온에 갔다가

second rabbit

여행기를 쓸 생각은 없었지만, 아무래도 앞으로는 자주 쓰게 될 듯하다. 그렇지만 오늘은 여행기라기보다는, 글쎄 잘 모르겠다. 어쨌든 너무 늦었고, 회의에 하루 종일 매여 있어야 했고, 지금도 사람들과 같이 있어서 그냥 쓴다.

순천에 왔다. 집에서 1시간 남짓하지만 그래도 타향이다. 그다지 멀지 않음에도 다른 도시가 주는 정서의 차이는 확연하다. 여행이라고 말하기도 뭐하지만 어쨌든 익숙한 도시는 아니다.

그리고 와온에 도착했다.

남자 어른 넷이서 각기 다른 포즈로 서 있지만, 그럼에도 자연에 취해있다는 공통점은 부인할 수 없다. 와온의 저녁은 우리 모두를 물들이고 있었다. 와온을 와본 적이 없는 사람들은 불행하다. 적어도 이 시점에서는. 넓게 펼쳐진 뻘밭은 적나라하지만 부끄럽지 않고 바닷물이 들어오는 경계에 담담하게 자리한 조그마한 섬은 태연하고 기묘하다. 두서없는 말들이 오가지만 그 언어들은 와온 해변의 풍광 속에 연기처럼 흩어진다. 우리 모두 그것을 의식하고 있었다. 자연은 이처럼 은근히 압도적일 때가 있다. 인간들이 생각하고 움직일 여지를 남겨두면서도 우리가 서 있는 거기에 그토록 넓은 와온의 석양이 펼쳐져 있음을 의식의 저 밑바닥에서는 뚜렷이 느끼게 하는 이 정경은 익숙하지만 낯설고, 스쳐지나가는 풍경인 듯하지만 우리네 인생길의 어느 시점에선가 사무치게 그리워질 그런 그림이다. 아직 와온의 석양이 정점에 이르지 않았지만 우리는 발길을 돌려야 했다. 아마 언젠가 다시 돌아올 시간을 무의식 속에서 기약하면서. 인공의 도시를 향해서 아무렇지도 않은 듯 돌아섰다.

(2017. 4. 19.)

우슬초: 저도 불행한 사람이었네요^^; 와온 해변이라는 곳을 오늘 처음 들어보았습니다. 잠시 인터넷 검색을 해보니 와온 해변에서의 일몰은 꼭 봐야 할 것이더군요.

gratia: rabbit 님이 독일에 가시면, 저희는 이런 스타일의 기행문을 읽게 되는 건가요? ^^

공항이라는 장소에서

second rabbit

공항이라는 장소는 가장 근대적인 공간들 중의 하나일 것이다. 과학기술의 진보와 대규모의 자본의 결합이 없었더라면 가능하지 않았을 장소이기에 그렇다. 이전 시대에 사람들은 걷거나 육로를 통하거나 해상을 통해서 움직일 수밖에 없었지만, 이제는 하늘길이라는 새로운 길이 열림으로써 공항이라는 일종의 정차역이 생겨난 것이다. 그런 의미에서 공항은 하늘을 날기 위한 대기소이지만, 공항의 의미와 역할은 거기에 멈추지 않는다. 많은 사람들에게 공항은 비행기라는 교통수단을 이용하기 위한 기능적인 장소만은 아니다. 공항은 이 땅에 발을 딛고 있기는 하지만 아직 이 나라에 정식으로 입국하지 않은 사람들의 대기소이기도 하며 그저 물리적으로 공항이라는 플랫폼을 경유하는 사람들이 스쳐 지나가는 장소이기도 하다. 그런 의미에서 공항은 접경이기도 하다. 접경이라는 말이 타국과의 지리적인 국경이 겹치는 장소를 의미한다면 공항을 접경으로 묘사하는 것은 근대에 이르러 기이한 공간의 왜곡이 일어났음을 암시하기도 한다.

그래서일까. 공항에 가게 되면 나는 마치 존재하지 않는 공간에 접어들고 있다는 착각을 느끼고는 한다. 매년 두세 번은 오는 장소이면서도 매번 올 때마다 처음 오는 듯이 주눅이 들어서, 촌사람의 어색한 서울 나들이처럼 다음 여정으로 떠오르기까지 견디어야 할 과정을 하나 둘 셋 되새기는 자신을 발견한다. 물론 이것이 공항이라는 건물의 압도적인 크기에 짓눌려서만은 아니다. 이 거대한 단일 공간의 내부에 수많은 구조물들, 쇼핑몰들, 표지판들이 적재되어 있다. 오와 열을 맞추어서, 디자인의 기법에 따라서 아름답고도 세련되게. 그러나 그 흐름의 길목에는 반드시 법과 권위의 차단막들이 설치되어 있다. 거기에서 사람들은 자격을 심사받는다. 가끔은 동물이나 식물들도 그렇다. 들어올 자격, 나갈 자격, 이 인간은 어디에 속한 인간인가, 어디를 향하고 있는가. 여기 혹은 저기. 그리고 허락된 사람, 승인된 물건만이 여행을 계속한다. 이 공간의 부자유 앞에서 나는 혹시 잊은 것은 없는지 묻고 또 묻는다. 혼자서 여행하는 것이 익숙해질 만도 한데, 여전히 미숙한 아이의 눈으로 남몰래 두리번거린다. 혹시나 이 세련된 문명의 미끄러운 바닥에 폭력의 덫이 비죽 고개를 내밀고 있지는 않은지 의심하면서. 그런데 이 의심은 물론 우리가 아는 모든 역사에서 국경이란 언제나 폭력의 장소였다는 사실에서 유래한다. 사람들은 여전히 이 국경이라는 제도 혹은 폭력 앞에서 좌절하는 수많은 사람들, 난민들이 있다는 것을 떠올리지 않는다. 이렇게 평화로운 접경에서, 이렇게 현대화된 최첨단 문명의 장소에서, 그게 말이나 되는 일인가. 다행히 그들은 눈에 보이지 않는다. 더럽고 가난한 모습으로 누군가의 심경을 불편하게 할 그들의 모습은.

어쨌든 전광판에 적혀 있는 한 번도 가본 적이 없는 도시의 이름들은 그 도시의 수만큼이나 많은 토착의 문명이 여기에서 교차하고 있음을 알려준다. 게다가 수많은 사람들이 여기에 있다. 그들의 배경, 색깔, 생김새, 의상, 언어, 냄새까지 너무도 다른 사람들. 너무도 태연하게 접경을 거니는 이토록 수많은 인간들, 자아들, 인생들, 그리고 거기에 따라다닐 고민과 욕망과 질문과 음모와 체념과 ……그 압도적인 차이의 향연 속에서 거닐다 보면 내가 누구인지조차 아득해진다. 소위 정체성이라고 불리는 이 질문 혹은 압력 속에서 길을 잃지 않기 위해 나는 티켓과 여권을 꼭 쥐고 있다. 마치 그 종이 쪼가리들이 내 영혼이라도 되는 듯이. 그것 없이는 천국으로 들어갈 수 없는 입장권이라도 되는 듯이. 그렇게 사람들의 인파 속에서 잠시 길을 잃고 서 있다가 불현듯 다시 걷는다. 그리고 이곳에서 허용된 유일하게 차단되고 사적인 공간, 화장실로 들어가서 문을 잠그고 잠시 동안 두 손에 얼굴을 묻는다. 여행이 낯설음의 초대에 응하는 것이라면 그 대가를 지불해야 하는 것은 당연하다. 그러나 우리가 지불해야 하는 것이 비행기표라든가 하는 경비에 불과하다고 생각하면 오산이다. 우리는 여행을 위해 눈에 보이는 경비의 항목들 외에 추가로 외로움, 두려움, 혼란 등의 감정적인 대가를 지불해야만 한다. 그런데 이야기의 가장 미묘한 부분은 그러한 추가적인 대가가 때로는 역마살과 같은 마르지 않는 여행 욕구를 불러일으킨다는 점이다.

(2017. 4. 24.)

솜사탕: 아. 그러니까요. 집 떠나면 고생인데 기를 쓰고 떠돌고 싶은 이유는 공항이 거기 있으며, 형식적으로 도장을 쾅 찍어주는 편이지만, 그래도 잠시 동안의 아슬아슬한 순간 뒤에 들어와도 좋다는 허가를 득한 안도감, 또 사회에 동조하지 않고 겉도는 일시적 부적응이 주는 편안함이 있지요.

우슬초: 저에겐 품안에 고이 있는 여권이 잘 있는지 매번 확인하는 강박증적인 모습을 보이는 곳이기도 하지요.^^

⟨시즌 2⟩

2017. 9. 1. ~ 2017. 12. 9.

어쩔 수 없는 일

gratia

10년 전에, 좋은 인연으로 충북대 교수 두 분의 가족들과 중국 운남성을 여행하게 되었다. 일행은 모두 여덟 명이었는데, 이 중 중국어로 소통이 가능한 사람은 중국사를 전공한 K교수 한 분이었다. 나머지 일행은 모든 것을 K교수에게 맡기고 편안히 따라다녔다.

K교수의 남편은 모 신문사 대기자 출신으로 해박한 대신 잔소리가 많은 분이었다. 다른 사람들에게는 친절하고 관대했는데, 아내인 K교수에게 이런저런 일로 불평을 하거나, 지적을 해서 옆에서 보기에 민망할 때도 많았다.

운남성의 수도인 쿤밍에서 살고 있는 분을 만나 그 분의 안내로 이곳저곳을 둘러보는 여정이었기 때문에 여행은 안전하고 즐거웠으며, 그 분은 마지막 날 우리를 쿤밍 공항에 데려다 주고 작별을 고했다. 5박 6일의 여행이 잘 마무리되는 듯했다. 그런데 우리가 웃고 떠들고 있는 사이, 상해로 가는 비행기가 이미 떠나버렸음을 알게 되었다. K교수가 탑승권의 시간을 잘못 읽은 것이었다.

상해에서 다음날 한국으로 떠나야 할 사람도 있는 마당이었다. K교수는 창백해졌고, 일행은 당황했다. 그때, K교수의 남편은 한 마디의 비난도 없이, K교수와 함께 공항 사무실로 향했다. 결국 일행 중 네 명은 두 시간 후에, 나머지 네 명은 다음날 상해로 떠날 수 있게 되었다.

나는 잔소리꾼으로만 여겼던 K교수의 남편을 다시 보았다. 어쩔 수 없는 일에는 화내지 않는다. 분노하는 데 쓸 에너지로 사태의 해결에 노력한다. 그날 얻은 교훈이다. 나는 평소에도 화를 잘 내지 않는 편이지만(순하게 생겨서 화를 내도 효과가 없다), 특히 어쩔 수 없는 일에는 절대 화를 내지 않는다.

(2017. 9. 3.)

보물찾기: 반전, 좋은 교훈이군요.

뭉게구름: ㅎㅎㅎ… 저는 꾹 눌러 참고 있다가, 기어코 언젠가는 끄집어내는 편인데, 역시 대범함이 좋겠죠….

솜사탕: 오- 오늘 영화 주인공에게 알려줬으면 좋았을 삶의 지혜예요.

우슬초: 배울 점이네요. 저는 이미 지나간 일도 곱씹어 생각하며 괴로워하는 스타일인데 말이죠.

도처에, 불현듯…

gratia

아침 산책을 하는데 문득 바람이 차갑게 느껴졌다. 불현듯 아, 아버지가 춥겠구나 하는 생각이 들었다. 당신의 소망대로 화장이 되고, 유골함에 넣어져 무덤에 묻히신 아버지가 추위를 느끼겠는가마는… 하느님 곁에서 평화와 안식을 누리고 계셔야겠지마는… 어쩐지 아버지가 쓸쓸한 산야에 홀로 계시는 것처럼 생각되는 것이다.

아버지가 돌아가신 지 3개월이 되었는데, 혼자 있을 때 문득, 아버지와 함께 했던 장소에서 문득, 아버지가 좋아했던 음식을 먹게 되었을 때 문득 아버지가 떠오르며 가슴이 잠깐씩 아려온다.

토요일마다 부모님을 성당에 모시고 다녔을 때, 늘 함께 앉던 자리가 있고, 언제부턴가는 강론이 잘 안 들린다고 앞자리 쪽에 혼자 가서 앉으시던 자리가 있다. 자리는 있는데 아버지는 안 계신다. 엄마에게는 보청기를 해드렸는데, 아버지에게도 해드렸으면 좋았을걸….

아버지는 비린 것을 싫어해서 평소에 생선을 안 드셨는데, 마른 굴비만은 좋아하셨다. 언젠가 굴비정식을 사드렸을 때, 그렇게 맛있게 드셨는데 자주 좀 사다드릴걸….

자식에게 그저 헌신적이었던 엄마에 비해, 아버지는 가끔 성가신 요구를 하기도 하셨다. 만보기가 있었으면, 새해가 되었으니 책력이 있었으면, 감색 바바리코트가 있었으면…. 차일피일 미루다 사드리지 말고, 즉시 사드려 즐거움을 안겨 드릴걸….

작년 이맘때쯤에는 아버지가 손자의 결혼식에도 참석하실 정도로 근력이 있으셨는데… 계절이 바뀔 때마다 이 계절에 아버지는 무엇을 하셨는지를 떠올릴 것 같다.

언젠가는 돌아가신 엄마를 그리워하면서 이럴걸, 저럴걸 하고 있겠지. 후회가 적도록 시간도 쓰고, 돈도 쓰자. 엄마를 위해서, 나 자신을 위해서….

(2017. 9. 22.)

보물찾기: 언젠가는 오지 않더라구요. 옆에 계실 그때가 해드려야 할 때라는, 지난 후에야 깨닫는 진리인 듯해요.

국어대사전

gratia

지난 토요일 연구실 정리를 도와주던 제자가 "이것 버리실 건가요?" 하면서 국어대사전을 들어올렸다. 1991년도에 금성출판사에서 나온 것으로, 고등학교 교사 시절 구입해서 어디든 내 책상이 있는 곳에 함께 있었던 사전이었다. 당시 정가가 15만원이었으니, 국어 교사 중에서도 사전 욕심이 많았던 나만 가지고 있었던 책이었다.

버린다는 생각을 한 번도 해본 적이 없었던 국어대사전이라 나는 한동안 망설였다. 중고등학교 시절에는 늘 영어사전이 책가방 한구석을 차지하고 있었지만, 국어 교사가 된 이래 내 가방에는 늘 국어사전이 들어 있었다. 책상에는 국어대사전이 놓여 있고, 무겁지만 가방 안에는 작은 국어사전이 들어 있어야 마음이 든든했다. (영어회화를 배우러 다닐 때는 국어사전, 영어사전, 영영사전까지 가지고 다닌

적이 있었다. 가방이 얼마나 무거웠겠나!) 그러다가 전자사전이 나왔을 때, 얼마나 반갑던지….

지금은 핸드폰 안에 국립국어원에서 나온 표준국어대사전이 저장되어 있다. 인터넷이 안 되는 지역에서도 찾아볼 수 있게 돈을 주고 다운로드를 받은 상품이다. 언제 어디서라도 쓸 수 있는, 소지 가능한 대용량의 국어사전이 있으니, 이제 공간만 차지하는 이 무거운 사전은 버려야 하지 않을까….

국어대사전을 안고, 학교 건물을 청소하는 아줌마가, 버릴 책이 있으면 거기에 놓아 달라고 부탁한 계단참으로 갔다. 그런데 차마 버릴 수가 없었다. 뭔가 나의 정체성을 버리는 기분이었다. 나는 다시 국어 대사전을 안고 연구실로 돌아와 손이 잘 닿지 않는 책장 하단에 넣어 두었다.

보지 않더라도, 사용하지 않더라도, 지니고 있어야 할 것 같은 책도 있는 것이다.

(2017. 11. 14.)

---

second rabbit: 그렇죠. 다시 안 볼 것이 거의 확실한데도, 차마 버릴 수 없는 책이 있죠. 누군가에게 줄 수도 없고, 별 가치도 없는데, 그런데, 그런데 말이죠….

우슬초: ^^ 제가 지난번 일했던 곳에는 국어대사전 5권짜리가 있었지요. 단 한 번도 보지는 못했지만요. ^^

보물찾기: 네- 오랜 시간 함께 했거나 특별한 추억이 담긴 책을 버리는 것은 자신이 살아온 삶의 한 조각을 버리는 것이라 힘든 일이지요.^^

말할 기분이 아님

솜사탕

정말 요즘은 자주, 말할 기분이 아니다. 무슨 어마어마한 일이 있어서 말이 싫어진 것은 아니다. 매일 한국말로, 비슷비슷한 말만 하는 게 지겨워졌을까? 이럴 때 외국어를 배우기 시작하면 좋은 효과가 있을까?

언젠가 수업이 끝나갈 때쯤 질문하라고 했더니 '왜 잠을 충분히 자고 나와도 수업시간에는 잠이 쏟아지고, 쉬는 시간이 되면 잠이 깨는가?'라는 매우 공감이 되는 문제를 제기했다.

가설 1: 수업시간이 너무 길고 쉬는 시간이 짧아서 그렇다. 1단계 수면부터 4단계 수면까지 평균 90분이 걸리는데 수업시간이 75분이라 거의 표준수면 싸이클에 가깝다. 잘하면 꿈도 꿀 수 있는 시간이다.

가설 2: 수업시간에 할 수 있는 일의 폭이 그렇게 넓지 않다, 잠자기 아니면 수업듣기(카톡과 게임도 있지만 데이터의 압박이…)

질문의 변형: 강사 입장에서 왜 수업시간이 가까워지면 말할 기분이 아니게 되는가?

(2017. 9. 15.)

---

second rabbit: 외국 영화를 보면 이런 질문에 선생님들은 good question 이라고 말하고는 그냥 진도를 나가요 ^^;

뭉게구름: 서양 말로도 비슷비슷한 말만 하면 지겨워지더라고요. Hola, Buen camimo… 한 달 넘게 이 말을 천 번 이상 했더니…ㅋㅋㅋㅋ

보물찾기: 피터 빅셀의 『책상은 책상이다』에서 작중 인물이 침대를 사진으로, 의자를 시계로, 자신만의 언어로 주위 모든 사물의 이름을 바꿔 부르듯이 솜사탕님의 언어로 한 번 바꿔 불러보세요. 그럼 좀 말할 기분이 나지 않을까요? ^^

적당함, 그 비현실적 희망사항에 대하여

솜사탕

'적당함'에 대한 조작적 정의가 가능한가?

가령 식사를 할 때 어느 순간에 숟가락을 내려놓아야 적당히 잘 먹은 셈이 되는가?

친구의 화를 돋울 때 어느 지점에서 멈춰야 인간관계의 파탄을 막을 수 있는가?

아무리 찾아도 나타나지 않는 물건 찾기는 언제 그만둬야 하는가?

저녁에 세 명이 쌀국수 집에 가서 세 가지 음식을 주문하고 각자 앞접시에 덜어 먹는, 대한민국의 흔한 외식 행태를 따랐다. 오늘은 수업이 없었음에도 불구하고 말할 기분이 아니라서 가능하면 먹는 일에 집중하고 싶었지만, 나를 제외한 두 명은 유쾌한 상태였으므로 '적당히' 반응을 하며, 국수와 볶음밥을 '적당히' 덜어서 먹었다. 그런데 결과는 '적당히'가 아니고 '많았다'.

집에 돌아와서 잠들기 전에 해야 할 일 몇 가지를 떠올린 후, 각각의 일에 적당한 시간을 배분했지만, 해야 할 일 목록에 없던 인터넷 서핑, 노래검색, 카톡 눈팅과 몇 개의 답에 필요이상 많은 시간을 보냈다. 글쓰기가 마지막이면 좋겠지만 다른 일이 하나 더 있다. 게다가 내일 아침은 산책이 예약되어 있다. 적당히 미룰 핑계를 찾았다. ㅎㅎ

(2017. 9. 19.)

---

second rabbit: 백선생이라면 '그냥 막 덜어 먹으세요'라고 하지 않았을까요. 그럼 '막'과 '적당히'라는 말의 차이는 뭘까요? '적당히'의 개념정의는? 적당하지 않은 것이 아닌 것!! ㅎ

뭉게구름: 식사할 때 배부르게 먹는 것이 적당한 것 아닌가요? 기왕 내는 화 확실하게 내 주는 것이 적당한 것 아닐까요? 아무리 찾아도 나타나지 않는 물건은 나도 잊어먹어 버리는데….

gratia: 주로 먹는 것에서 장애가 오는 제겐 '적당히 먹는 것'이 아주 중요한 일이죠. 칠 년의 수련을 했는데도 아직 위장과 완전한 평화 협정이 이루어지지 못했답니다…^^

삶의 무게가 전염됨

솜사탕

얼마 전 글쓰기 방에 남동생이 추석연휴에 출장을 떠나 단출한 명절이 되기를 희망한다고 썼는데, 절반 정도는 이루어졌달까. 연휴에 작업할 일이 생겨 직원들이 돌아가며 출근을 해야 한다며 주말에 우리 집과 처가댁에 들러 간다고 내려왔다. 종일 낮잠도 생략하고 놀아도 방전되지 않는 조카 4명이 한꺼번에 들이닥치는 것보다는 두 명씩 번갈아가는 편이 훨씬 낫다.

요즘 또래집단과 만나면 이유 없이 피곤한데, 아마도 그 자들의 삶의 무게가 전염되는 것이 아닌가 싶다. 나로 말씀드리자면 '문제는 해결하는 것이 아니고 지나가는 것이다'라는 명제를 전적으로 신뢰하는 사람으로서 가능하다면 가벼운 삶의 무게로 만족하고 싶어 하는 자이다. (다시 강조하지만, 가볍다는 게 아니고, 그랬으면 좋겠다는 신념이 있을 뿐이다.)

그 자들을 어렵게 하는 삶의 무게란 대체로 자녀와 남편으로 대표되는 '가정'이다. 그리고 그 끝이 어디인지 장담할 수 없기는 하지만, 여전히 살아갈 시간이 많이 남아 있다는 것도 그 자들에게는 난해한 문제이다. 엊그제 만난 우울한 그녀, 그리고 나이에 비해 지나치게 해맑은 남편과 두 아이를 보살피는 내 둘째 올케도 이야기를 나누는 동안 분노와 초월, 속세와 해탈을 수시로 오가며 다음 생은 반드시 없어야 한다고 주장한다. 그런데 말은 아니 하지만, 그 자들이 은근히 내 삶의 무게는 과소평가하는 듯하다. 이 자들이 스페어로서의 고단함을 참 몰라준다. 쳇~

(2017. 10. 2.)

뭉게구름: 그러게요. 사람들이 너무 몰라요.

gratia: 감수성이 예민한 사람들은 상담 일을 안 해야겠네요. 삶의 무게들이 전염되는 것을 감당하기 어려울 것 같아요.

second rabbit: 문제를 해결하려는 사람들 때문에 세상이 이렇게 나빠지는 걸까요?

아버지와 딸

우슬초

병원에서 퇴원하기 이틀 전, 내 옆자리 환자가 새로 바뀌었다. 나이가 들어 보이는 남자분인데, 대소변을 전혀 가리지 못하는 상태였다. 그분의 보호자는 딸. 딸은 내 또래가 채 안 되어 보였다. 그렇다면 그 딸은 엄청난 늦둥이였거나, 아버지가 오랜 병세에 많이 늙어 보였던 것인지도 모르겠다. 아니면, 그 딸이 동안이었을지도….

그런데 결혼은 안 했을 것 같은 그 딸은 이틀 내내 밤새도록 아버지의 대소변을 손수 받아 처리했다. 아버지는 계속 물설사를 했고, 기저귀를 바꾸자마자 다시 바꾸어야 하는 일이 지속되는 듯했다. 그 모든 일을 딸은 단 한 번의 싫은 내색도, 짜증 섞인 목소리도 내지 않은 채, 묵묵히 해내고 있었다. 아니, 오히려 수치스러워하는 아버지를 위해, 아버지를 다독여가며 위로를 해주었다. 나중에 들어보니, 그 딸에게는 어머니도 있었으나, 딸은 어머니마저 쓰러지면 안 된다며 어머니를 병원에 못 오게 했다고 한다.

그 당시의 나는 장염으로 5일 동안 물을 포함한 어떠한 음식도 못 먹은 상태에서 계속된 구토 증세로 몸이 축나 있다가, 이제 겨우 밥을 먹을 수 있기 시작할 무렵이었다. 밤새 계속되는 기저귀 가는 소리에 잠도 설치고 냄새에 헛구역질을 할 수밖에 없어서 괴로웠지만, 차마 그 딸 앞에서는 내가 구역질을 하고 있다는 것을 내비칠 수는 없었다. 참고로 내가 있던 병실은 음압병실. 메르스 사태 이후로 새로 리모델링한 병실이라서 다른 병실에 비해 환자 간 간격은 넓었지만, 창문도 열 수 없으며, 외부 공기와 접촉이 차단되어 있는 곳이다 보니, 사실 냄새를 견디기란 쉽지 않았다.

아마도 그 딸은 이런 병원 환경을 더 의식하는 듯했다. 그래서 그런지 아버지의 기저귀를 갈 때마다 신속히, 그리고 주변 사람에게 티 나지 않도록 처리하는 노련함을 보였다.

그런 딸을 바라보며, '나였다면 어떠했을까'라는 생각이 문득 들었다. 나도 아버지의 대소변을 대신 처리해 줄 수 있을까? 그 딸처럼 한결같이 부드러운 목소리로 수치스러워할 아버지를 위로해 가며 병수발을 들 수 있을지 자신은 없다. 닥치면, 할 수 있는 것일까?

(2017. 9. 28.)

보물찾기: 여러 모로 고생이 많았었군요. 그 따님도 대단하구요. 딸을 향한 부모의 사랑도
    각별했었을 듯합니다.

뭉게구름: 닥치면 할 수 있을 것 같긴 한데, 해보면 할 수 있는 사람만 하더라구요.

gratia: 간병인이 기저귀 갈아드려야 하니 가족분들은 나가 계시라고 해서 전 너무 고마운
    마음으로 그 자리를 피했다가 돌아왔습니다. 나중에 혹시 내가 자리에 눕게 되더라도
    병수발은 아들딸보다 전문 간병인에게 맡기고 싶어요.

그 남자네 가게

우슬초

우리 집 아파트 상가에 지난 5년 동안 한자리를 지키고 있는 가게가 있다. 특이한 것은 주인은 그대로인데 업종은 두 달을 못 채우고 늘 바뀐다는 것이다. 나주곰탕을 시작으로, 닭발, 삼겹살, 치킨을 거쳐 업종은 늘 바뀌었다. 이 가게는 업종이 바뀔 때마다 제대로 된 간판 없이 현수막으로 간판을 대신해 왔으며, 당연히 인테리어는 전혀 바뀌지 않았다.

지금은 한동안 호떡만 팔다가, 최근에 아이스크림으로 품목을 바꾼 상황이었다. 아파트 상가 중 가장 넓은 평수를 지닌 상가임에도 불구하고 그 넓은 공간에서 덩그러니 냉동고만 두고 아이스크림만 파는 것을 보고, 주인장이 정말 일하기 싫어하는구나 하는 생각을 했다. 넓은 홀에 빙그레나 롯데, 해태에서 파는 그런 막대 아이스크림이나 콘 종류만을 팔기 때문에 사실상 주인이 할 일은 거의 없어 보이는 듯했다. 한편으로는 주변에 할인마트가 그리 많은데 누가 아이스크림만 사러 그 가게에 갈까 싶어 안타까운 생각마저 들었다.

하루는 남편이 내게 그 가게 주인이 가게 앞 파라솔에서 친구와 술을 마시며 나누던 이야기를 우연히 듣고 와 들려주었다. 그 가게 사장 왈 "친구야, 왜 나는 이렇게 장사 수완이 없을까."라고 한숨을 푹 쉬자, 옆에 있던 친구가 "짜식, 그래도 우리는 아직 젊잖아."라고 응원해 주더란다. 그 가게 주인의 한탄을 듣고 남편이 다 안쓰러운 생각이 들었다고 했다.

그런데 2주일 전, 그 가게에 번듯한 간판이 들어섰다. 디자인은 전혀 고려되지 않은 싸구려 간판이었지만, 그래도 현수막이 아닌 간판이 걸리기는 처음이다. 간판에는 "치즈핫도그 & 호떡"이라고 만 적혀 있다. 요즘 핫도그가 잘 팔린다는 이야기를 듣고 또 품목을 바꾼 모양이다. 여전히 넓은 홀에서 핫도그와 호떡만 파는 것이 안타까웠지만, 그래도 이번에는 자리를 잡았으면 하는 마음에 몰래 응원을 보냈다. 겨울에는 그 집에서 호떡이나 많이 사먹어야겠다고 다짐도 했던 것 같다.

그리고 오늘, 우연히 간판을 보고 나는 그만 헛웃음을 짓고 말았다. 간판 속 형광등이 다 보이도록 호떡이라는 글씨가 오려져 있는 것이 아닌가. 조만간 그 간판마저 내려갈 듯한 기운이 느껴지는 것은 나만이 아닐 것 같다.

(2017. 10. 11.)

gratia: 어쩐지 비즈니스계의 덤앤더머를 보는 듯하군요. ^^

뭉게구름: 그분도 저 못지않게 대단하시네요. 뒤로 미루지 말고 좀 사드세요. ^^

일곱 살들의 우정

우슬초

밤 10시가 넘는 이 시간, 갑작스레 내 휴대폰이 울린다. 번호를 확인해 보니, 요 며칠 매일 걸려온 바로 그 번호이다. 이를 어쩌나. 평상시면 깨어서 놀고 있을 아들이 오늘은 자고 있는 것을. 오늘은 전화가 안 오나 했는데, 10시가 넘는 시간에 전화를 거는 거 보니, 참 대단하구나 싶다.

밤 10시가 넘는 이 시간에 나에게 전화를 건 사람은 바로 아들의 친구이다. 며칠 전, 저녁 모임 참석 중에 낯선 번호로 걸려온 전화를 받은 적이 있다. 전화의 주인공은 오늘 나에게 전화를 건 아들의 친구였다. 아들의 학부모는 물론이요, 아들의 친구로부터 그동안 단 한 번도 전화를 받아본 적이 없는 나는 무슨 일인가 싶어 깜짝 놀랐다. 어떻게 내 번호를 알았나 싶기도 했다. 안타깝게도 나는 집 밖이라 아들의 친구와 아들이 서로 전화 통화를 할 수 없게 되었으니, 대신 아들의 친구에게 아들이 있는 친정집 번호를 알려주며 그리로 전화할 것을 당부했다.

잠시 후, 무슨 일로 아들의 친구가 전화를 했나 궁금하여, 아들에게 전화를 걸어보니, 상황인즉슨, 아들의 친구가 어린이집을 옮기게 될 것이라는 말을 듣고 엄청 슬퍼한 아들이 할아버지가 될 때까지 서로 계속 연락하자며 각자의 전화번호를 교환했다는 것이다. 아직 핸드폰이 없는 아들은 내 번호를 대신 준 모양이다. 그런데 바로 그날, 어린이집을 옮기게 될 것이라는 것이 자신의 착각이었다는 것을 안 아들의 친구가 이 기쁜 소식을 아들에게 알려주려고 전화를 했다고 한다.

이후 아들의 친구와 아들은 매일 전화를 하는 사이가 되었다. 무슨 대화를 나누는지 궁금하여 스피커폰으로 아들의 대화를 엿들어보니, 특별한 내용은 없다.

아들: "지금 뭐해?"

친구: "나? 티브이 보고 있어."

아들: "무슨 프로?"

친구: "여섯시 내 고향."

아들: "넌 엄마 아빠 프로 보냐?"

친구: "응."

아들: "그럼, 끊어."

친구: "응. 안녕."

이게 아들과 친구의 통화 전문이다.

그런데 오늘은 전화가 오지 않는구나 생각하며, 100일 글쓰기로 아들의 친구 이야기를 써야지 하고 마음먹고 컴퓨터를 켰는데, 아니나 다를까. 아들의 친구로부터 전화가 온 것이다.

그래, 나에게도 한때 그런 친구들이 있었지….

그래, 할아버지가 될 때까지 너희들의 우정이 계속되기를….

(2017. 11. 18.)

---

gratia: 거 참. 우정을 위해 휴대폰을 장만해 줄 수는 없고… 집 전화 이용을 권해 보는 건 어때요? ^^

보물찾기: 무척이나 애틋한 사이네요. 귀엽고 순수한 아이들의 모습이 고스란히 전해집니다. ^^

솜사탕: 매우 앞선 걱정이지만, 주식 투자를 권하거나 사업만 같이 하지 않으면 가능하지 않을까요? ㅋㅋ

그곳에도 지금 바람이 부나요?

second rabbit

마르케스의 『콜레라 시대의 사랑』을 읽다가 문득 '연애편지'를 써보고 싶었다.

오늘은 바람이 많이 붑니다. 아까까지는 잔광에 흔들리는 나뭇가지들이 춤을 추었는데 이제는 어둠 속에 거리의 현수막이 파닥거리는 소리만 바람을 따라 흩어지고 있습니다. 이 바람은 어디에서 와서 어디로 가는 걸까요? 태고의 아침에서도 불고 있었을 이 바람은 지금껏 세상의 모든 시인들의 가슴을 설레게 했겠지요. 오늘은 시라고는 한 줄도 쓸 줄 모르는 저에게 무슨 볼 일인지 모르겠습니다. 바람이 불면 무언가가 흔들리고 맙니다. 그래서일까요. 바람에 날리듯 당신의 생각이 떠오른 것은. 당신이 있는 곳에도 이 바람이 불고 있는지 모르겠습니다.

언젠가 바다에서 바람을 본 적이 있습니다. 그때도 밤이었군요. 어둠이 바다 위에 날개를 펼치고 있어서 저 멀리 등대의 불빛을 통해 수평선을 짐작할 수 있었습니다. 물결이 찰랑거리는 소리가 속삭이듯이 들렸습니다. 몇 개인가의 별빛이 가물거렸고요. 저는 그냥 가만히 앉아서 바다를 멍하니 바라보고만 있었습니다. 왜 그때 거기서 바람이 불었다고, 아니 바람을 보았다고 느꼈을까요. 파도는 잔잔했고 세상은 어둡고 고요했는데요. 어쩌면 그때도 무언가 흔들렸을까요. 그렇다면 아마도 그건 별빛이었겠지요.

그때 불었던 그 바람이 세상 어딘가를 헤집고 다니다가 이제야 여기까지 온 것일까요. 오늘은 바람에 몸을 맡기고 싶어집니다. 저를 어딘가로 데려다 줄지도 모르잖아요.

그곳에도 지금 바람이 부나요?

어둠이 점점 짙어지는데도 바람은 사그라들지 않는군요.

당신이 지금 이 바람을 맞고 있으면 좋겠습니다.

(2017. 10. 29.)

---

gratia: ㅎㅎㅎ 이 편지를 받을 사람이 생기길 빌어드려야 할까요?

보물찾기: 한강의 「내 여자의 열매」를 읽는 느낌입니다. ㅎㅎ

솜사탕: 연애편지라더니 여행가고 싶어지는 편지인데요 ㅋㅋ

허시먼 대신 쓸데없는 잡담

second rabbit

오늘은 원래는 엘버트 허시먼의 책에 대한 글을 쓸 생각이었다. 『보수는 어떻게 지배하는가』라는 촌스러운 제목의 책. 원제는 『The Rhetoric of Reaction』인데 제목만큼이나 내용에 대한 번역도 그다지 신뢰가 가지 않는 책이지만, 이번 도서관 헌팅에서 건진 훌륭한 두 권의 책들 중 하나다. 다른 하나는 저번에 썼던 캐롤린 엠케의 책이다. 허시먼의 책은 처음인데, 그는 이 책에 추천사를 쓴 우석훈이 젊었을 때 그의 문하에서 공부하려고 했다가 은퇴했다는 소식에 좌절했다는 뛰어난 경제학자다.

책이 그다지 두껍지 않아서 오전에 다 읽고 차분히 글을 쓰겠다는 게 아침의 내 계획이었다. 제목이 말해주는 대로 반동 혹은 보수가 항상 의존해 온 세 가지 레토릭, 즉 역효과 명제, 무용 명제, 위험 명제를 현재 진행되고 있는 개혁, 즉 적폐 청산에 대한 반응에 적용해 보고 싶었다. 그러나 막상 책을 읽다 보니 내용이 만만치 않기도 했고 또 베껴 두어야 할 대목이 너무 많기도 하고 게다가 번역도 맘에 들지 않아서 생각보다 시간이 많이 걸렸다. 그러다 보니 어느새 시간이 이렇게 되어 버렸다.

그래서 오늘은 내가 만나는 그녀들에 대한 사소한 잡담으로 원래의 '훌륭했을 수도 있을' 계획을 대체하기로 한다. 물론 일용할 음주의 영향으로 논리적인 사고가 힘들다는 측면'도' 있다.

내가 그녀들을 만나면서 느끼는 감정들은 다양하다.

그다지 끌리지 않는 그녀를 만날 때는
"그런데 어제 만난 그녀를 오늘 또 만나는 거야? 에이 후딱 해치워 버리자."
"그런데 막상 만나보니 또 새로운 맛이 있네."

또 이런 평가도 있다.
"어제 그녀는 좀 까칠하지 않았나."
"매력적이지만 좀 빈 느낌이었어."

물론 더 안 좋은 경우도 있다.
"완전 꽝이었어. 시간이 아까웠다니까."
"마지못한 만남이었어. 소개팅으로 만난 거라서 소개한 사람 얼굴을 봐서 어쩔 수 없이 견뎌야만 했지. 숙제를 하는 기분이었다니까.”

“아, 더 이상 참을 수가 없어서 결국 자리를 박차고 나왔지 뭐야.”

그러다가 가끔 만나는 그녀가 너무나도 사랑스러운 경우에는

“어떻게 어제만 만나고 오늘 못 만날 수가 있느냐고. 이제 벌써 이별이라니.”

“괜찮아. 내일 만날 테니까. 그런데 내일은 도대체 언제 오는거야.”

“언제 또 만날까. 아마 최소한 몇 달, 몇 년 후가 아닐까. 그러나 잊지 않을게.”

그래서 가끔은 열정적으로 그녀와의 만남을 남들에게 떠들고 다니기도 한다.

때로는 만나고 있으면서도 이제 얼마 지나지 않아 그녀와의 만남이 끝난다는 예감에 몸을 떨기도 한다.

“이렇게 즐거운 순간이 지나가고 있다는 것을 느끼고 있는 나 자신이 싫다. 지금 이 순간이 언제까지라도 지속되었으면…”

이쯤 되면 누구라도 내가 말한 그녀들이 누군지 알아챌 것이다.

책을 그녀라고 말하는 게 좀 우스울 지도 모르지만, 애욕의 대상이라면 그렇게 말하지 못할 이유는 없지 않은가.

(2017. 11. 14.)

뭉게구름: 아니, 이분이!!… 헐!! 깜짝 놀랐잖아요…ㅠㅠ (ㅎ… 도대체 뭘 상상했는지는… ㅋㅋ)

gratia: ㅎㅎ, rabbit 님의 내면에 이런 면모가 있었단 말인가 하며 글을 읽고 있었답니다… ^^

남아 있는 이야기

second rabbit

　사실 어제 가즈오 이시구로의 『나를 보내지 마』에 대해 쓴 글과 관련해서 미진한 부분, 하다 만 이야기가 있었다. 우연의 일치이겠지만 숌사탕님의 댓글이—그런데 왜 '나를 떠나지 마'가 아니고 '나를 보내지 마'일까요?—그 부분을 건드렸으므로, 기왕 말이 나온 김에 어제의 이야기를 조금 더 이어가 보기로 하자.

　먼저 이렇게 질문해 보자. "나를 보내지 마"는 최선의 번역일까. Never let me go의 직역은 gratia 님이 지적한 대로 "나를 너에게서 떠나가게 하지 마" 정도일 것이다. 역으로 "나를 보내지 마"를 그대로 영역하자면 Never send me away가 될 듯싶다. 그리고 숌사탕님의 스케줄 어플에 쓰였던 "나를 떠나지 마"는 Never leave me로 영역될 수 있다. 이시구로는 왜 이 중에서 Never let me go를 선택한 것일까. 그리고 왜 출판사는 그것을 "나를 보내지 마"로 번역한 것일까.

A. Never let me go
B. Never send me away
C. Never leave me

위의 세 개의 영어 문장은 비슷하지만 각기 다른 뉘앙스를 갖고
있다. 여러 각도에서 이 말들을 비교할 수 있겠지만, 화자와 청자를
염두에 두고 이 말들을 비교한다면, B의 경우에는 떠나는 사람은
화자이지만 그 상황을 만드는 사람, 즉 보내는 사람은 청자이다.
반면 C의 경우는 떠나는 사람이 청자이다. B와 C의 공통점은 행동
의 주체가 청자이지만 떠남의 방향은 정반대이다. 결국 이 두 문장
은 모두 이별을 암시하지만 전혀 다른 의미를 갖고 있으며 일종의
반대말에 가깝다고 할 수도 있다. "나를 보내지 마"와 "나를 떠나지
마". 반면 A의 의미는 B와 비슷하다고 말할 수 있지만 이 문장에서
let라는 사역동사는 상황을 조금 더 미묘하게 만든다. 여기서 떠나
는 사람은 B와 마찬가지로 화자이지만, 그 상황을 만드는, 혹은
방임하는 사람은 청자이다. 우리말로 번역하자면 A와 B는 동일하
게 해석될 수 있겠지만 원문들이 서로 대체 가능하다고 보기는 어
렵다. B는 너무 직설적이고 강한 의미를 갖고 있어서 마치 파견이나
강제를 담고 있는 것처럼 들리기 때문이다. 반면 A는 화자와 청자
의 관계가 더욱 미묘해지고 복잡함을 암시하는 시적인 표현이라고

말할 수도 있을 것이다. 게다가 여전히 떠난다는 행위의 주체가 화자임을 보여준다는 점에서 그 의미가 보냄 혹은 떠남의 사이 어딘가에 걸려 있다는 느낌을 주기도 한다. 사실 이런 간접적이고 불분명한 느낌은 소설 전체에 퍼져 있다. 이 소설은 결국 캐시라는 화자의 기억에 불과하다는 점에서도 그렇다. 게다가 그녀는 클론이라는 존재, 즉 자율적이기보다는 근원자의 카피에 불과한 의존적인 존재인 것이다. 그러므로 이 "Never let me go"라는 문장은 허가받지 않고서는 떠날 수도 없고 자신의 일을 선택할 수도 없는 캐시의 언어를 드러낸다는 점에서 제목으로도 적절했다고 말할 수 있을 것 같다.

출판사나 역자가 이런 점들을 고려했는지 모르겠지만 아마도 다른 선택의 여지는 별로 없지 않았을까. 적어도 "나를 떠나지 마"라는 번역은 너무 평범하기도 하고 또 원문의 뉘앙스를 무시하는 것이기도 했을 테니까. 그렇다고 "나를 너에게서 떠나가게 하지 마"라고 하기에는 너무 어색하다는 점에서 고려의 대상이 되기 힘들다.

여기까지가 제목의 원문과 유사한 말들과의 검토를 통해서 그 의미를 생각해 본 것인데 여기서 멈추기보다는 한 걸음 더 들어가 보자. 물론 이런 사고실험은 무리한 억측일 수도 있고 완전히 틀린 생각일 수도 있을 것이다.

어쨌든 그런 경고를 염두에 두고서, 이제는 반대 방향에서, 즉 제목과 대립되는 말을 생각해 보자. "Never let me go"와 대립하는 반대말이 있다면 그것은 무엇일 수 있을까. 즉자적인 반대말은 물론 부정문을 긍정문으로 만드는 것으로 가능하겠지만, 조금 더 복잡하게 생각해본다면 "Let them go"를 떠올릴 수 있을 것이다. "그들을 떠나게 하라." 이 말을 작가가 염두에 두고 있었는지는 전혀 알 수 없지만, 일단 이 말을 떠올리자마자 상황이 전혀 간단치 않음을 알게 된다. 이 말이 해방의 가장 오래된 표현법이었다는 사실을 상기한다면 말이다. "Let them go"는 구약성경의 출애굽기에 나오는 말이다. 야훼가 모세를 통해 이집트의 파라오에 전하는 말, 출애굽기 2장에 나오는 "내 백성을 가게 하라"는 이 말은 이집트의 압제에서 이스라엘 백성을 해방시키는 출애굽 Exodus 과정을 시작하는 말인 것이다. 그러므로 우리는 이렇게 상상해 볼 수 있다. 만일 작가가 야훼의 저 말을 염두에 두고 이 소설의 제목을 생각해 냈다면 어떨까 하고 말이다.

바로 이 지점에서 우리는 소설 안에서 억압되었던 질문이 다시 부상한다는 것을 깨닫게 된다. 왜 그들, 그 클론들은 저항하지 않는 것일까, 왜 그들은 자유를, 해방을 지향하지 않는 것일까. 정말 저항, 자유, 해방, 구원이라는 질문들은 이 책의 주제의식과 관계가 없는 것일까.

출애굽 이야기는 인류의 역사에서 이후에 벌어지는 모든 자유와 해방을 지향하는 이야기의 원형을 구성한다. 성경에는 이집트의 억압에서 노예살이하던 이스라엘 백성이 자유의 땅을 향해 나가는 장대한 이야기가 펼쳐진다. 반면 우리가 지금 보고 있는 책에는 그것과는 비교할 수조차 없이 사소하고 주관적인 한 인간, 아니 한 클론의 회상이 있을 뿐이다. 여기에는 어떠한 객관적인 역사도 없고, 심지어는 현재의 역사와도 전혀 들어맞지 않는 과거의 한 시점을 상상하는 소설이 있다. 그러므로 당연히 이러한 비교 자체가 말도 안 되는 것일 수 있지만, 적어도 두 개의 이야기 속에는 공통적으로 해방과 자유를 갈구하는 존재가 이야기의 출발점에 자리하고 있음을 부정할 수는 없다. 억압당하는 이스라엘 백성과 인간의 복제에 불과한 클론. 하지만 이런 공통의 배경에도 불구하고 이 두 번째 이야기가 해방, 혹은 구원의 이야기인지는 전혀 불확실하다. 이 소설 속에서는 사랑마저도 그들을 구원하지 못한다. 아니, 단 3년의 유예기간마저 허락되지 않는다. 그렇다면 결국 이 이야기는 실패한 구원의 이야기일 뿐인가.

그러나 이러한 비교는 이 소설을 다른 방식으로 읽을 수 있는 길을 열어줄 수도 있다. 한쪽에 인류 역사의 결정적 시기마다 구원과 해방의 상징으로 작용하는 거대하고 객관적인 역사의 이야기가 있다면, 다른 쪽에는 가상에 불과할 뿐인 한 클론 / 인간의 사소하고 개인적인 회상이 있다. 한쪽에 압제자로부터 인간을 해방하는 전능한 신이 있다면 이쪽에는 자신을 억압하는 인간들에게 애착을 느끼는 그들의 불가능한 / 불길한 아이가, 근원자인 인간에 집착하고 그들을 떠나지 않으려는, 혹은 떠날 수 없는 클론이 있다. 여기서 우리는 캐시가 Never let me go를 노래하는 장면을 떠올릴 수 있다. 그녀는 불가능한 아이를 갖게 된 엄마가 그 아이를 안고 부르는 노래를 상상한다. 그런데 만일 우리가 그 노래가 엄마의 노래가 아니라 아이의 노래라고 상상한다면 어떻게 될까. 그 아이가 인간이라는 엄마에게서 태어난 불가능한 존재, 불길한 존재인 클론이라고 상상해도 좋지 않을까. 아니 분명히 그 노래를 부르는 사람은 캐시이지 않은가. 그렇다면 그녀에게—사실 클론에게 그녀라고 부를 수 있는지도 분명하지 않지만—해방이란, 자유란 무엇일 수 있을까. 엄마를 떠나는 것일까. 그러나 그들은 엄마를 떠나서는, 인간을 떠나서는 자립할 수도 없는 존재가 아닌가. 설혹 떠난다 해도 인간을 떠나 어디서 인간됨을 찾을 수 있을까.

그렇다면 어쩌면 이 소설을 통해서 작가가 말하고자 하는 것은 해방으로의 여정은 인간을 억압하는 외적인 굴레로부터의 장대한 출애굽의 역사가 아니라 사소하고 내밀한 자신의 기억 안으로 여행을 떠나는 것일 수도 있음을 보여주는 것은 아닐까. 인간의 비극으로부터 탈출하는 것이 아니라 그 비극의 내부로 들어가 그것과 함께 거주하면서 떠나지 않는 것, 그 비극을 살아내는 것, 그것 또한 인간의 삶의 방식일 수도 있지 않을까. 만일 우리가 그렇게 읽을 수 있다면 이 소설은 결국 한 인간 / 클론의 내면으로의 여행 이야기에 불과하지만, 그를 통해 인간에게 해방과 구원이란 무엇인가를 질문하고 있다고 말할 수도 있을 것이다.

물론 이런 주장은 자체로 미완이기도 할 뿐만 아니라, 독서 모임 이전에는 가즈오 이시구로를 거의 알지도 못했던 비전공자의 억측에 불과하다. 어쨌든 이 소설의 이야기가 오랫동안 기억에 남을 것임은 분명하다.

(2017. 12. 10.)

하이디: 기회가 된다면 언급해주신 책들 모두 읽어보고 싶다는 생각했습니다. 읽기와 쓰기에 도움 주신 유익한 정보 감사합니다~~

깊고 깊은 밤, 나는 도깨비를 만났다

뭉게구름

며칠 전, 더 이상의 여력이 없어 글쓰기조차도 때우다시피 간신히 써 올렸는데 옹색한 것이 너무 마음에 안 들었다. 새로운 글을 써야 하나 망설였다. 그렇지만 이미 너무 늦은 시간이어서 도무지 엄두가 나지 않았다. 그래 뭐 이렇게 쓸 때도 있는 거지 하면서 스스로를 안심시키고는 이제 집에 가야겠다며 일어섰다. 차에 타고 시동을 걸었다. 그때까지는 정말 아무런 생각이 없었다. 항상 늦기는 하지만, 어머니 또한 항상 확인 전화를 하시는 분이고 이미 어머니 전화를 받은 지도 한참이 지난 시간이었다. 어머니가 또 걱정하시면서 기다리겠다 생각하며 어서 가야지 했는데, 마음속에 갑자기 도깨비가 든 것이 틀림없다. 나는 갑자기 운전대를 틀어서 차를 반대차선으로 진행했다. 마침 북광주IC에서 평동 산단까지 도로가 개통된 터라 한 번 타고 가보자 싶었던 것이다. 그런데, 이제 끝

지점에 도달해서 어디에서 돌아야 다시 집으로 갈 수 있나 표지판을 살피는데, 목포방면 고속도로로 옮겨 탈 수 있다는 표지판이 보이는 거다. 순간, 나는 별다른 생각 없이 고속도로로 진입하는 방면으로 방향을 틀었다. 차도 드물게 오가는 심야에 안개는 자욱하게 깔려 있고 으스스한 느낌마저 들었다. 뭐하는 거지 스스로 의아해하면서도 계속해서 달려갔다. 마음대로 길을 고쳐 잡을 수 없는 멍청한 고속도로 구조 때문에 그러는 것이라고 이유를 대면서 가다 보니 함평 표지판이 보인다. 그래, 여기까지 왔으니 모처럼 안개 깔린 밤바다나 보고 가자 하면서 주포 선착장을 떠올렸다. 하지만 도착한 곳은 돌머리 해수욕장이었다.

94년도에 나는 함평에서 1년간 살았다. 내게는 첫 임지였다. 학생 시절 생각했던 것보다 더 쉽지 않은 것이 성직 생활이라는 것을 알게 된 곳이고, 나의 이상 지향적인 사고 때문에 상처를 많이 입은 곳이기도 했다. 수많은 생각들이 떠올랐다. 한동안 목포를 향해 가는 길목에서 만나게 되는 함평이라는 지명을 볼 때면 울렁증이 일었는데, 생각해 보면 그것은 설렘이기도 하고 멍울이기도 했다. 첫사랑에 대한 아련한 기억과 실연의 아픔 정도로 비유할 수 있을런지 모르겠다.

오랫동안 찾아가 보지 않은 돌머리 해수욕장은 너무 많은 풍경변화가 있어서 내게 낯선 느낌을 주었다. 바다 깊은 곳까지 놓여 있는 갯벌 탐방로를 따라 걸으니, 어째 물귀신이 친구하자고 나올 것 같다. 나중에 찾아보니, 갯벌 탐방로를 따라 LED조명이 환상적인 야경을 보여준다 한다. 새벽 네 시를 조금 넘은 시간, 돌머리에는 어둠과 안개가 짙게 깔려 있었다. 지금 이 시간에 나는 이곳에서 뭘 하고 있는가 하는 생각은 이미 사라진 지 오래였고, 물결 출렁이는 바다와 가로등 불빛이 물결에 반사되어 반짝이는 풍경을 즐기고 있었다.

예전에 이곳이 이렇게 개발되기 전에 청년들과 밤이면 국민차 티코를 타고 와서 닭 삶아 먹고, 술을 마시며 고성방가하곤 했었지. 그 시절의 추억을 떠올리고 피식거렸다. 그때는 참 말도 안 되게 심각했었는데… 새록새록 떠오르는 기억들에 그들과 함께 했던 시간들이 그리 먼 시절이 아니었던 듯 느껴지는 게 신기했다. 내 마음속에 이런 추억의 빛들이 쌓여 있어 나는 살아갈 수 있는 것이 아닐까.

"진창은 아무리 더러운 진창이라도 좋다.
나에게 놋주발보다도 더 쨍쨍 울리는 추억이 있는 한
인간은 영원하고 사랑도 그렇다"(김수영)

언젠가 자동차 바퀴를 교체하기 위해 카센터에 갔더니, 앞뒤 바퀴 모두가 한 방향으로만 닳았다며 늘 같은 길로만 다니면 그렇게 된다는 설명을 듣고, 내가 다람쥐 쳇바퀴 돌듯이 항상 같은 방식으로 맴맴 돌며 사는구나 하는 생각을 했었다. 도깨비가 든 덕분에 해 본 돌발적인 일탈 그것 참, 도깨비 만나볼 만도 하네….

(2017. 9. 26.)

gratia: 소재를 찾아 한밤중에 함평까지 가셨군요…. 100일 글쓰기에 임하는 모범적인 자세랄까…. ㅎㅎㅎ…

second rabbit: 괜히 센티멘탈해져 놓고서 도깨비 핑계를 대시면 안 되죠. ㅋㅋ

보물찾기: 도깨비를 만나는 날도 있어 삶이 살아갈 만한 거겠지요.^^

누구에게나 한 데나리온을

뭉게구름

1. 예전에 나에게는 주위 사람들이 팬이라고 하거나, 애인이라고 불렀던 아가씨 한 사람이 있었다. 그녀는 정기적으로 혹은 불심검문 하듯 나를 찾아 왔었다. 눈 주위를 시커멓게 분장하고, 노란 우비처럼 보이는 겉옷에, 우산을 항상 들고 다니던 특이한 복색이 떠오른다. 처음 만남이 어떻게 해서 이루어졌는지 기억이 나지 않지만, 어느 순간부터 그녀는 정기적으로 나를 찾아 왔다. 언젠가 성당 사무실에서 사제관으로 인터폰을 한 사무실 아가씨가 웃으면서, "신부님, 팬이 찾아왔어요" 했을 때 '혹시…?' 하는 설레는 마음에 내려갔는데 그녀여서 배신감이 들었던 기억, 또 센터 사무실에서 처음으로 "신부님, 애인이 한참을 기다리다 갔어요" 하는 말을 들었을 때는 나도 모르는 애인의 존재 때문에 까닭 없이 당황했었던 기억이 난다. 그녀는 그렇게 내가 거주하던 남동 성당이나 사무

실이 있던 가톨릭 센터에까지 찾아와서 정기적인 수금을 해 갔다. 관계가 지속될수록 구체적인 액수 제시를 하고, 요금이 올라가는 과정이 반복되었는데 납세 의무가 커져서 내가 불평을 늘어놓기 시작하기 전까지는 그 관계가 눈부신 속도로 발전해 갔다. 성직자라는 체면 때문에, 또는 양심을 편하게 하고자, 또는 안타까워서 등등 여러 이유가 복합적으로 작용했던 것이겠지만 난 일반적으로 그렇게 기꺼이 수금업무에 응했던 순한 납세자였다 할 수 있다. 그녀와의 관계는 내가 새로운 임지로 떠나기 전까지 3년 정도 지속되었는데, 지금은 이름이 기억나지 않는다. 지금은 어떻게 지내고 있는지….

2. YMCA 앞 지하도 입구에는 항상 큰 목소리로 "한푼 줍쇼~" 하고 외치던 여자 분이 계셨다. 누구도 그냥은 지나칠 수 없게 하는 호소력을 지닌 목소리였는데, 그녀의 그런 존재감은 끊임없이 내 마음 속에 있는 무언가를 건드리고 있었다고 기억한다. 나는 대개 불편한 심정이었는데 그것이 나만의 감정은 아니었던 것인가 보다. 우리 사회는 멀게는 전두환의 삼청교육대 시절에 사회 정화라는 명목으로, 그 후 십 수 년 전에는 앵벌이에 폭력 조직이 개입되어 있다는 뉴스와 함께 대대적인 소탕 혹은 박멸(?) 작업에 가까운 작전을 수행하면서, 시민들의 불편한 마음을 개운하게 해소시켜 줬었다. 그 후, 그런 사람들이 쉬이 눈에 띄지 않는다. 아니면, 내가 시내에 나가 본 지 오래여서 못 보는 것인지도 모르겠다.

3. 유럽에서도 '한 푼 나눠 주시오' 하는 사람들을 흔히 볼 수 있다. 그런데 그들이 모금하는 장소가 대개 인상적이다. 모든 관광 명소, 관람이나 미사를 마치고 나오는 성당 입구, 심지어는 마트 앞에서도 조그마한 바구니를 불쑥 코 앞에 내미는 사람들을 만나게 되는 것이다. 거룩한 장소에서 나오다가 혹은 마트에서 장을 보고 나오는 경우라면 쉽게 지나칠 수 없는 수금의 요지인 셈인데, 그들을 성당 관계자나 마트 관리인들이 쫓아내거나 하지 않는다. 상관하지 않는 것이다. 우리 사회와는 사뭇 다른 풍경인 셈이다. 지난 여름, 파리와 스페인의 도시들에서는 그런 본토인들 외에 아랍계 사람들이 가족 단위로 함께 있으면서(이부자리를 길거리에 펴고 있다) 도움을 요청하는 경우를 자주 보게 되었다. 마치 너희 그리스도교도들의 사랑이 이슬람인 우리에게 얼마나 관대할 수 있는지 보겠다는 것처럼, 시험대처럼 보였다고 하면 물론 지나치게 내가 과장하는 것이겠다.

물론, 유럽에서 내가 그들을 만났을 때, 난 기꺼이 1유로 혹은 2유로를 넣어줬다. 양심을 편하게 하자고 하는 것이 없을 수 없겠지만, 그보다는 성서의 말씀을 떠올린 까닭이다. 그가 무슨 이유로 그리하든, 그리고 내가 무엇을 고민하든, 그 역시 하루를 살아가야 할 몫이 있는 것 아니겠는가. "누구에게나 한 데나리온"은 필요하니까, 자기 몫의 하루 살림에 필요한 양식은 있어야 하는 거니까.

4. 모든 사랑은 어느 정도는 자기 헌신일 수밖에 없다. 그럴 때

우리는 자신에게서 빠져나오게 된다. 우리는 자신의 것을 다른 사람에게 준다. 헌신하는 무엇 없이는 사랑이란 없다. '모든 사람은 때때로 누군가를 사랑한다'고 사람들은 흔히 말한다. 우리가 자신의 무엇을 누군가에게 주면서, 적어도 이따금 자신에게서 빠져나와 다른 사람에게로 향하지 않는다면, 우리는 인간일 수 없고 인생은 확실히 견디어낼 수 없는 것이 될 것이다. 우리가 무엇을 주든 비록 그것이 작은 관심, 생각의 나눔, 우정의 표시, 우리 시간을 조금 나누는 것일 뿐이더라도 우리 자신에게서 무엇을 주는 것이다. 그리고 우리는 이것을 행하길 원하고 또 필요로 한다. 우리 자신을 주면 줄수록 그만큼 우리의 사랑은 더 깊어지고 더 관대해진다. 그러나 그리스도교의 사랑은 보다 영웅적인 것을 요구한다. 그리고 그것은 사실 소수만이 달성한다. 즉 그것은 사람으로서 줄 수 있는 모든 것을 주는 것이다. 대부분의 사람은 물론 가끔 그것을 행할 수 있다. 예를 들어 누군가 이런 모양으로 즉 부모가 자식에게, 혹은 사랑하는 사람에게 할 수 있다. 그러나 그리스도교의 사랑은 우리의 모든 관계에서 줄 수 있는 것은 무엇이든 주어야 한다고 요구한다. 즉 나와 친밀하지 않은 사람일지라도 다른 사람에게 필요한 것이 무엇이든, 늘 줄 준비를 하고 있어야 한다는 것이다. 그것은 아주 작거나 많은 것일 수 있지만, 그러나 그것을 줄 준비가 되어 있고, 자신에 대한 관심에서 벗어나 다른 사람에게 필요하거나 도움이 되는 것을 움켜쥐고 있지 않다면 우리의 사랑은 참다운 자기 헌신의 사랑이다.

5. 오랫동안 잊고 살았던 나의 그리스도인으로서의 정체성, 철학적 개념으로서의 환대, 타인의 얼굴… 이런 것을 생각하면서 글을 써 보았다. 글쓰기를 통해 조금씩 상기(플라톤의 상기, 아남네시스처럼)하고, 내 삶을 들여다보고 다시 읽게 된다.

(2017. 10. 1.)

---

gratia: 애인분은 무슨 명목으로 수금해 갔는지 궁금해요.^^
  ↳ **뭉게구름**: ㅎㅎ… 그러게요. 저도 생각해보니 궁금하네요… "묻지도 따지지도 말고…"가 왜 당연한 태도였을까요….

second rabbit: 언젠가 읽은 글에 시니컬하게 오른 손이 하는 일을 왼손이 모르게 하는 사랑의 가장 전형적인 사례가 세금이라고 말했던 대목이 떠오르는 것은 제가 시니컬한 인간이어서일까요?^^

산티아고길을 걷는다는 것

뭉게구름

지난 여름, 산티아고길을 다녀온 이후 그 길을 걷는다는 것에 대해 어떤 의미부여를 할 수 있겠느냐는 질문을 종종 받는다. 산티아고길을 마친 후, 설문서에 답한 일부터 설명하게 된다. 당신은 어떤 이유로 이 길을 걸었느냐는 것이 질문인데, 거기 설문 항목에는 1) 종교적인 이유, 2) 정신·영성적인 이유, 3) 건강·스포츠·여행 등에 체크하게 되어 있었다는 것을 예로 들면서, 사람들이 많은 이유로 걷고 있더라고 알려준다. 그리고 좀 더 친절을 베풀 때는 산티아고길이 생겨난 배경에 대해 역사적 상황들을 들어서 설명해 준다.

사실 내게는 그 길을 걷는다는 것에 대한 감동이랄까 이런 것에 대해 말할 만한 것이 별로 없다. 매일 매일 유목민처럼 움직이는 것이 산티아고길이다. 매일 매일 자신의 짐을 꾸리고 하룻밤일망정

안식을 취했던 곳을 떠나야 하는 것이 산티아고길이다. 그리고는 매일 매일 자신이 걸어야 할 길을 걷는다. 나는 살림살이의 단출함과 걷기의 단순한 시간이 지배하는 것이 산티아고길이라고 말해 준다. 걷는 일, 먹는 일, 자는 일…. 사실 이것 외에 산티아고길을 설명할 방법이 있는지 나는 모르겠다. 그래서 나는 가장 기본적이고 단순한 그 일에 충실해야 하고, 충실하게 되는 일이 산티아고길의 전부라고 말해 준다.

그래도 설명을 더 원하면, 아래 이야기를 덧붙여 준다.

첫째, 그 살림살이의 단출함에 대해서다. 본래 여행객이야 짐을 많이 가지고 다닐 수 없는 것이 일반적이지만, 한 달이 조금 넘는 기간을 생활하는 데 필요한 짐을 간단하게만 생각하기란 쉽지 않다. 걷다보면 '자기 눈썹조차도 무거워진다'고 말하는 사람도 있을 만큼, 오로지 걷기만으로 이동하는 사람에게 짐은 커다란 무게로 다가온다. 그래서 때로 짐정리를 하는 사람도 있는데, 하나씩 불필요하게 느껴지는 것을 버리곤 하는 것을 보게 되기도 한다. 나? 나는 소모품은 써서 버렸지만, 물품은 버리지 않았고 끝까지 가져간 것을 다시 가지고 왔다. 나중에 비행기를 탈 때 무게를 재어보니 무게가 무려 15.8kg이었다. 나는 스스로도 놀랐는데, 그 무게를 짊어지고서 800km를 걸었던 것이다. 함께 걸은 이는 도중에 이것저것 버렸는데 10.5kg이었고, 나중에 합류해서 일주일간 걸은 이는 7.8kg이었다. 애초에 조절해서 가져갔으면 모를까 이미 짊어진 이후에 짐을 버린다는 개념이 내게는 조금 거부감이 있었던 것인데,

나는 여하한 이유로건 내가 짊어지게 된 짐을 지고 걸어야 하는 것이 인생길이라는 나름의 의미 부여로 그 상황을 돌파해냈다. 게다가 가져간 짐 중에서 단 하나를 제외하고는 모두 필요한 경우에 다 사용했으니 나로서는 짐 자체에 대해 그다지 불만을 가질 만한 것이 없었다 할 수 있다. 하지만, 이것은 각자의 생활의 지혜로 판단할 일이니 뭐라 더 말할만한 것은 아니다.

여하튼, 그렇게 짊어질 짐을 잠들기 전에 꾸려둔다. 그리고서, 길을 떠나야 하는 새벽에는 다른 사람들을 배려해서 조용히 잠자리를 차지했던 침낭과 꾸려놓은 배낭을 들고 나와 밖에서 다시 짐정리를 하고 길을 떠나게 된다. 이것이 매일 매일의 삶에서 반복된다. 자기 짐을 짊어지고서.

둘째, 걷는 일이다. 오로지 걷는 목적 하나만을 위한 시간, 얼마나 단순한 시간인가. 물론, 걷기가 쉬운 일은 아니다. 매일같이 36~39도를 오르내리는 땡볕 속에서 그늘 하나 없는 곳을 걷는 시간이란 상상 이상의 힘겨움을 준다. 언젠가 우리가 겪었던 일이 생각난다. 걷는 중에는 매일 매일 다음날 일정을 체크해서 어디까지 갈 것이고, 어느 숙소에 머물 것인가를 정해둬야 한다. 그리고 주변 사람들에게 정보를 얻어(젊은 친구들은 인터넷으로 숙박 후기, 식당 후기 등을 미리 파악해 두기 때문에 그들에게 물어보면 된다) 우리는 어디로 가면 좋겠는가를 사전에 결정해 둔다. 하지만, 늘 예외상황이 있기 마련이어서 정보가 부족했거나, 우리가 지정했던 위치를 지나쳐버린 경우가 생기기도 한다. 어느 날, 목적지인 마을에 도착했는데 그

마을에 유일하게 있는 알베르게를 500m 지나쳐 버린 것이다. 그날은 24km를 약간 넘게 걸은 날이었다. 이미 시간은 오후 1시에 가까워졌고, 우리는 결정해야 했다. 뒤로 돌아갈 것인가, 아니면 다음 마을까지 4.8km를 더 갈 것인가. 답은 단호하게 나온다. "난 1m도 뒤로 돌아가지 않을 거야!" 그래서 우리는 그런 경우 더 걷는 것을 선택한다. 결국 오후 3시 가까워져서야 그날의 여정을 마칠 수 있었다. 평상시라면 미련한 짓이라 할 수도 있겠지만, 걷기로만 유지되는 이 일정에서는 자신이 걸어온 걸음걸음마다에 서려 있는 땀방울과 힘겨움을 깊이 의식하게 된다. 더욱이 이 걸음은 누가 대신 걸어줄 수 없는, 오로지 자신의 걸음만으로 달성되는 길이다. 그 한걸음을 되돌리기 어렵다는 것은 걸어보면 안다. 사실 인생길이란 것도 생각해 보면, 누군가 벗해서 걸을 수는 있지만 그것은 오로지 자신만의 걸음이 아니겠는가.

좀 더 깊이 있게 이유를 묻는 경우도 있는데, 그런 내밀한 이야기는 그야말로 내밀한 것이니, 내밀한 시간에 내밀하게 말해져야 한다.

(2017. 10. 7.)

---

gratia: "자연이 인간에게 짐을 지울 때는 선물도 함께 준다"는 말이 있더군요. 스스로 짊어진 짐에는 스스로 선물을 주어야 할까요? ㅎㅎㅎ.
   ↳ **뭉게구름**: ㅎ… 탄력 있는 체력을 돌려받은 것이 받은 선물이 아닐까요?

보물찾기: 우리네 인생살이의 원형이군요. 제각기 자기 짐을 지고 가야 하는, 한 번 가면 돌아서 갈 수 없는, 자신의 선택에 책임을 져야 하는…

택배 대소동

보물찾기

재구성해본 사건의 발단은 그렇다. 그저께, 택배 기사가 우리 집에 배달할 물건을 가지고 왔다. 그러나 집에 사람이 없는 것을 알고는 현관문 앞에다가 물건을 두고 그냥 가버렸다. 저녁이 되어 제일 먼저 집에 온 아들, 문 앞에 놓여 있던 물건을 보자 이것을 현관 안으로 들여 놓았다. 다음으로 집에 도착한 나, 현관에 놓인 택배 물건을 보았으나, 문자를 따로 받은 적이 없다는 생각이 들어 남편 것으로 간주, 현관에 그냥 두었다. (남편이 최근 심의를 맡게 되어 이런 종류의 것들에 대해 극도의 예민함을 가지려 노력한다.) 눈이 나빠 안경을 끼어야 하므로 출처 확인은 하지 않았다. 그리고 마지막으로 늦은 시간에 귀가한 남편, 택배를 이리저리 둘러보며 말했다. "주소는 맞지만 이름이 다른데……버섯인 것 같은데……" 성가신 일 하나가 생겼다. 일단 택배회사에 전화를 걸어 본래의 주인에게 돌려주어야 한다. 너무 늦은 시간이라 다음 날 하기로 했다. 물건은 찾으러 오면 바로 돌려줄 수 있도록 현관에 그대로 두었다.

어제, 오전 내내 수업이 있는 날이라 택배는 잠시 잊고 있었다. 그런데 오후 두 세 시쯤 경비실에서 전화가 왔다. 혹시 택배를 받지 않았냐고, 다른 집 물건인데 주소가 잘못 되어 우리 집으로 배달되었으니 찾으러 가겠노라고 했다. 퇴근 시간에 맞춰 약속 시간을 잡고 조금 늦게 집으로 왔다. 그런데 현관에 있어야 할 상자가 보이지 않았다. '남편이 와서 벌써 돌려주었나?' 하는 생각을 하며 거실로 들어서는 순간, 베란다에 있는 크고 작은 바구니들이 눈에 들어왔다. 올망졸망한 버섯들이 그곳에 담겨 있었다. '권사님(1주일에 한 번씩 집안일을 도와주시는 분)이 지난 번 드린 멸치에 대한 답례로 가져오셨나?' 잠깐 이런 생각이 스치려는 찰나, "버섯인 것 같은데"라던 어젯밤 남편의 말이 퍼뜩 떠올랐다. '아니, 저런……' 권사님이 이미 집으로 가신 뒤라 급히 전화로 확인해보았다. 상자에 담긴 그대로 햇볕을 받게 두면 버섯이 물러질 것 같아 바구니에 담아 햇볕에 널어 두셨다고 한다. 아닌 게 아니라 이미 몇 시간 햇볕을 ��쬔 듯 버섯은 물기가 빠져 꽤 뻣뻣해진 상태였다. 그럼 상자는 어떻게 하셨냐고 했더니, 바깥 재활용 수거함에 내다 버렸다는 것이다. 그리곤 사안의 중대성이 느껴졌는지 어쩔 줄 몰라 하셨다. 괜찮다고, 걱정하시지 말라고 말하고 있으려니 귀가한 남편이 현관으로 들어왔다. 사태의 심각성을 파악한 남편은 재활용 수거함에서 상자를 찾아오겠다며 급히 밖으로 나가려다 엘리베이터에서 막 내린 택배주인과 맞닥뜨렸다. 현관으로 들어선 택배주인은 정의의 사도가 되어 비도덕적 행위를 지탄하려는 듯 언성을 높이려 한다. 하지만 아직 끊지 못한 권사님과의 전화에서 들려오는 소리와 남편의 사과로 대충의 상황을 짐작했는지, 보통은 아닐 듯해 보이는 얼굴이 급격히 풀리며 이렇게라도 인사를 튼다며 버섯을 나누어 주려 한다. 우리는 극히 공손한 태도로 괜찮다고 말했다.

그리고 이후에 있었던 일들이다. 박스를 구해 급히 버섯을 옮겨 담고, 엘리베이터까지 들어다드린다며 들고 가던 상자의 밑이 벌어져 버섯들이 바닥에 쏟아지고, 바닥에 나뒹굴던 버섯을 주워 담다가 다른 버섯을 짓밟는 악순환…… 죄인 중의 죄인이 되어 쩔쩔매고 있는 우리들이나, 화낼 수도 웃을 수도 없어 복잡한 표정을 짓고 있던 버섯의 주인이나, 실로 참 난감한 상황이 아닐 수 없었다.

그렇게 한바탕 대소동이 지나갔다. 곰곰이 생각해보았다. 어디서부터 잘못된 것일까?

(2017. 9. 28.)

뭉게구름: 택배 기사님요!!…ㅎ… 우리 아파트 관리실에서 공고가 붙였는데, 어느 택배 회사 물류는 받지 않겠다고 하는 거예요… 뭔가 봤더니, 경비실에 물건을 맡겨 두는 것은 편의를 위한 것일 뿐인데 물건 주인과 아무런 통화도 않은 채, 그냥 놔두고 가서 문제가 자꾸 생기니까 아예 그쪽 택배 물류는 받지 않겠다고 한 것이더군요….

우슬초: 참, 난감하셨겠네요. 그 권사님도…^^

gratia: 보물찾기 님의 나쁜 시력이 가장 잘못한 것 같아요…^^

아들의 일기장

보물찾기

우연히 큰아들의 초등학교 때 일기장이 눈에 띄었다. 반듯하고 큼지막하게 쓴 이름 옆에 3학년이라 쓰여 있었다. 초등학교 3학년이라, 또래 아이들에 비해 큰 키와 체구를 가지고서도 무척이나 순진해 보이던 당시 아들의 모습이 떠올랐다. 무심코 한 장 한 장 넘겨 가노라니 20여 년 전 아들의 모습이 새록새록 전해 온다.

큰아이는 둘째 아이에 비해 운동을 그리 좋아하지는 않았던 것 같은데, 일기에는 축구 이야기가 많았다. 이겨서 좋았고, 지게 되어 기분이 나빴다는 이야기들. 그때는 축구를 좋아했었나보다. 지금은 잊고 있던 동네 아이들 이름도 간간이 나왔다. 그래, 그때 이 아이들하고 많이 놀았었지. 그 아이들도 이젠 어른이 됐겠는데… 학교에서는 예고에 없던 단축 수업이 있었던 듯하다. 감정을 적극적으로 표현하지 않는 아이인데도 "공부를 안 해서 신기하고 너무 좋았다"

고 쓰여 있었다. 공부를 안 해서 좋기는 했겠지만 신기하다니, 인생이란 예고 없이도 예측하지 못한 일들이 일어난다는 사실에 눈뜨는 순간이었나?… 주로 초등학교 3학년 아이답게 일상의 일들을 사건 중심으로 기록한 글이었지만 가끔은 성숙한 면도 보였다. 무언가를 생각했는데 자기의 예상이 맞았다고도 하고, 자기의 생각 이면을 깊이 들여다보면서 조숙한 성찰을 하는 모습도 담겨 있었다. 그래. 감수성이 예민한 데가 있는 아이지.

기억을 더듬어 보면 3학년 때 담임선생님은 30대 정도로 보이는 여선생님이었던 듯한데, 아들이 쓴 일기 밑에 거의 매일 편지 형식의 답글을 달아주었다. 글의 내용도 글을 꼼꼼히 읽고 아이에 대해 생각하면서 썼을 내용이었다. 쉽지 않은 일이었을 텐데, 나름으로 좋은 선생님이었던 듯하다.

아들의 글과 선생님의 답글을 번갈아 읽어가다가 나는 선생님의 답글 밑에 흐릿하게 쓰여 있는 글을 발견했다. 초등학교 3학년 때의 필체와는 확연히 다른, 지금의 필체를 닮은 글이었다.

"선생님, 저는 제가 순수하던 때가 좋아요. 그런데 나쁜 사람들에게 동화되는 것 같아요."

아마도 중학생이나 고등학생 무렵에 아들은 이 일기를 다시 읽었던 모양이다. 그리고는 초등학교 3학년 때의 순진무구함을 잃어버린 듯한 쓸쓸함에 잠겨 전해지지 못할 글을 선생님께 남겼던 듯하다. 보일 듯 말 듯한 글씨로…… 초등학교 3학년에서 고등학교까지, 또 고등학교에서 현재까지의 시간이 종과 횡으로 교차되며 많은 기억과 장면들이 한순간 떠오르는 듯했다. 내면의 성장통들…… 그때의 선생님을 떠올리며 전해지지 못하는 글을 쓸 때의 아들의 마음자락이 느껴져 뭉클함이 왈칵 솟구쳐 올랐다.

(2017. 10. 12.)

---

gratia: 네… 아들의 성장통이 느껴지네요. 저도 뭉클합니다… ^^

우슬초: 아… 아드님이 일기에 글을 남겼을 그 순간이 그려지네요. 저도 뭉클해지는걸요? (그런데 아드님 나이가… 깜짝 놀랐습니다 ^^)

second rabbit: 조숙한 아이였던가 봐요. 잘 컸겠죠? 그런데 그 '나쁜 사람들'은 누구일까요?
  ↳ **뭉게구름**: 우리 아닌가요? 토끼님과 저… 그 외 다른 모든 사람들… ㅎㅎ

생명 사랑

보물찾기

쑥부쟁이와 구절초를

구별하지 못하는 너하고

이 들길 여태 걸어왔다니

나여, 나는 지금부터 너하고 절교(絶交)다!

구절초가 한창이다. 몇 년 전 안도현의 「무식한 놈」이란 시를
읽으며 나는 반성에 반성을 거듭했다. 가을 들판에서 흔히 볼 수
있는, 계란 프라이처럼 생긴 꽃들을 그저 들국화라고만 생각했지,
쑥부쟁이, 구절초란 이름을 가진 꽃이라고는 생각하지 못했다. 심
지어 봄에 핀 마가레트를 보며 들국화가 왜 봄에 피었을까 생각했
던 적도 있었다.

자세히, 그리고 오래 들여다보아야만 알 수 있는 이름일 텐데, 작은 생명체를 세심히 보듬어 주지 못했다는 증거다. 들길을 걸을 자격이 없는 듯하다.

내가 그들의 이름을 불러 주었더니 그들은 나에게로 와서 구절초와 쑥부쟁이가 되었다.

(2017. 10. 26.)

우슬초: 저희 아들이 계란꽃, 계란꽃 하길래 계란꽃이 뭐지? 했는데… 구절초를 계란꽃이라 부르더군요. 보물찾기 님의 계란 프라이 같다는 생각을 저희 아들도 했나 봐요.

하이디: 촌철살인으로 보여주는 생명 사랑… 의미심장합니다!

gratia: 기왕이면 구별법의 정보도 함께 주시지… ^^

second rabbit: 절교당해 마땅한 인간. 여기 하나 추가요. ^^

〈시즌 3〉

2018. 3. 1. ~ 2018. 6. 8.

그렇지 않을 수도

gratia

제임스 W. 페니베이커와 존 F. 에반스가 함께 쓴 『표현적 글쓰기』 를 읽다가 글쓰기 워크숍 참여자가 제인 케년의 시 「그렇지 않을 수도 otherwise」를 패러디한 시를 보았다. 일상의 소중함을 잔잔히 묘사한 이 시에 공감이 되어, 나는 인터넷에서 원텍스트를 찾아 읽었다.

그렇지 않을 수도

튼튼한 두 다리로
침대에서 일어났다
그렇지 않을 수도 있었는데.

고소한 우유에 시리얼을 타서
잘 익고 흠 없는 복숭아와 함께 먹었다
그렇지 않을 수도 있었는데.

개를 데리고 언덕 위 자작나무 숲까지 산보를 했다
오전 내내 내가 좋아하는 일을 하고
오후에는 사랑하는 이와 함께 누웠다
그렇지 않을 수도 있었는데.

우리는 함께 저녁을 먹었다.
은촛대에 불을 켠 멋진 식탁에서
그렇지 않을 수도 있었는데.

하루를 마치려고 잠자리에 누웠다
그림들이 걸려 있는 방에서
그리고는 오늘 같은 행복한 또 다른 날을 꿈꾸었다.

그러나 나는 안다
어느 날, 그렇지 않을 수도 있다는 것을.

제인 케년은 백혈병 환자였다. 그녀에게 건강한 하루 혹은 한때
의 일상은 소중한 것이었다. 그렇지 않을 수도 있었는데(It might

have been otherwise) 그녀에게 선물처럼 주어졌기 때문이다. 그러나 그녀는 또한 어느 날, 그렇지 않을 수도 있다는 것을 알고 있기 때문에(But one day, I know, it will be otherwise) 하루 혹은 한때의 일상을 감사히 음미하며 살았던 것이다.

생각해 보면, 내가 아무렇지 않게 누리고 있는 일상은 늘 그렇지 않을 수도 있는 것이었다. 일상을 누린다고 하는 것은 미처 깨닫고 있지 못한 행복인 것이다. 이 시를 읽고 나자, 하루 종일 오늘 내가 했던 일들이 패러디 시가 되어 머릿속을 떠돌았다.

아침에 아무렇지 않은 몸으로 눈을 떴다
그렇지 않을 수도 있었는데.

비안개로 수묵화 같은 산길을 걸으며
서걱이는 댓잎 소리를 듣고
축축한 솔잎 냄새를 맡았다.
그렇지 않을 수도 있었는데.

시래기국과 취나물 된장무침
남편과 함께 간소하고 느긋한 아침을 먹었다.
그렇지 않을 수도 있었는데.

친한 동료들과 함께 한 점심

야채를 듬뿍 넣은 불고기와 즐거운 수다

커피와 초콜릿, 치즈케익과 함께 한 달달한 오후

그렇지 않을 수도 있었는데.

백일 글쓰기의 첫날,

대장정에 대한 설레임과 투지

멤버들의 첫글을 기다리는 즐거움

그렇지 않을 수도 있었는데….

(2018. 3. 1.)

통통이: 일상의 소중함은 그것을 잃었을 때 비로소 그 가치를 깨닫게 되는 것 같습니다. 좋은 하루 보내신 것 같군요. 예쁜 그림이 그려집니다.^^

우슬초: 그렇지 않을 수도 있었으나 그렇게 된 것에 감사할 수 있음에 또 한 번 감사해 보는 글이네요.

뭉게구름: 아름다운 일상이네요… 그렇지 않을 수도 있었는데… ^^

가즈오 이시구로의 『위로받지 못한 사람들』

이 소설에서 서사 구조의 큰 틀은 주인공인 라이더의 꿈이라고 할 수 있다. 꿈에서만 가능한 무한한 에피소드들이 엮이기 때문이다.

첫째, 주인공과 함께 있던 인물이 갑자기 실종되며, 다른 인물들로 치환되는 점이 우선 그렇다. 소피와 함께 영화를 보던 중, 소피에 대한 언급도 없이 다른 사람들과의 대화에 빠져든다. 자틀러 기념관에 가서도 사진을 찍던 기자들이 사라지며, 크리스토프를 만나 다른 상황에 접어든다.

둘째, 시공간적으로 불가능한 일들이 일어난다. 찾아 헤매던 공간이 호텔의 일부였다든가, 고물 자동차가 된 아버지의 차를 발견한다든가, 호텔의 방이 과거에 익숙했던 어떤 방이라든가, (불가능하지는 않지만, 영국과 유럽이라는 점에서 확률이 낮은) 동창들과의 만남, 검표원이 된 옛 여자 친구와 엮이게 되는 이야기.

가즈오 이시구로의 『위로받지 못한 사람들』   117

셋째, 인물에 대한 기억이 바뀐다는 점, 소피나 보리스가 생면부지의 인물처럼 느껴지다가 차츰 가족 관계라는 틀을 기억하게 된다는 점.

넷째, 1인칭 주인공으로는 불가능한 시점의 구사. 다른 인물의 생각을 안다는 점.

다섯째, 슈테판과 부모의 관계로 미루어, 슈테판은 라이더의 젊은 시절이라고 할 수 있다.

그러니까, 이 소설은 유명한 피아니스트인 라이더의 꿈이며 이러한 꿈은 그의 무의식 상태를 보여주고 있다고 하겠다. 역자의 말처럼 이 무의식은 "라이더가 저버린 관계들과 실수들"이며, 또한 이를 돌이켜 보고자 하는 무의식인 것이다.

소설의 서사 구조가 라이더의 꿈과 무의식이라면, 이 소설의 주제는 예술이 과연 인간을 구원할 수 있는가의 문제를 다루고 있다고 생각한다. 라이더가 머물고 있는 도시의 사람들은 예술을 통해 구원을 얻을 수 있다고 믿는다. 그들은 그동안 떠받들어 왔던 (이해하지 못했던) 모던 음악이 차가운 현대 도시를 표상한다고 생각하며, 자신이 이해할 수 있는 음악(또는 가치)을 위해 브로즈키라는 과거의 인물을 소환하지만 그 시도는 실패로 끝난다.

이 도시의 많은 군상들은 라이더의 말을 통해 삶의 방향을 제시받고자 하지만, 라이더는 아무에게도 도움이 되지 못한다. 라이더는 자신감에 충만하다가도 문득 문득 공황 상태에 빠지곤 한다(이는 예술가가 자신의 예술에 대해 느끼는 긍지와 두려움이라고 생각해 볼 수 있다). 결국 라이더는 바로잡고 싶은 자신의 과거를 아무것도 바꾸지 못하며, 자신을 바라보는 사람들에게는 아무런 위로도 주지 못하고, 이 도시를 떠나야 한다. 그것은 예술이 예술가 자신이나 타인에게 구원이 될 수는 없다는 의미이다.

마지막에 라이더는 순환 전차에 올라 친절한 전기공과 맛있는 음식에서 비로소 위로를 느끼며, 의욕을 회복하는데, 이는 인간의 구원이나 위로가 예술과 같은 형이상학적 세계에서 오는 것이 아니라, 소박한 일상과 따뜻한 인간 관계 안에서 이루어진다는 작가의 전언이 아닐까 싶다.

(2018. 3. 9.)

통통이: 소박한 일상, 따뜻한 인간 관계, 이 말만으로도 기분이 좋아집니다. ^^ 몽환적으로 끌려 다니던 독서여서 피곤하기도 했지만, 일독을 마쳤다는 생각에 뿌듯합니다. ㅎ

손홍규의 「꿈을 꾸었다고 말했다」

gratia

손홍규의 소설집 『그 남자의 가출』을 읽고 났더니, 2018년 이상 문학상 수상 작품인 그의 「꿈을 꾸었다고 말했다」가 보다 분명히 보였다.

손홍규의 초기 작품 세계는 "나는 마르께스주의자야"라는 소설 속 문장처럼 마술적 리얼리즘이었던 모양이다. 독서모임에서 읽게 된 그의 두 번째 작품 세계는 젊은 시절의 사랑과 열정을 망각하게 하는 삶의 비루함 혹은 비극성인 듯하며, 이에 대한 천착의 결실이 「꿈을 꾸었다고 말했다」라고 할 만하다.

이 시기 손홍규 소설의 주인공은 노인이 되어가는 중장년의 남성들인데, 그들의 마음은 분노와 쓸쓸함으로 가득하다. 그들은 자신이 젊음과 꿈을 잃고 속절없이 늙어버린 것이 결혼과 아내, 가족이라는 굴레 때문이라고 느낀다.

그가 아내와 결혼하여 일가의 가장으로 삶을 꾸리게 된 순간부터 그가 꿈꾸었던 모든 것들과 이별해야 했고 그토록 비장하게 그가 바라던 세계에서 떨어져나왔음에도 결국 초라한 늙은이밖에 되지 못했다는 서러움만은 확실히 그의 가슴속에 자리 잡고 있었다. (「정읍에서 울다」)

증오와 연민이 끝없이 갈마들었고 후회와 막연한 희망이 자리를 바꾸며 똑같이 그를 괴롭혔다. 이봐 자네, 그렇게 잠이 단가? 자네 옆에 있는 나는 이렇게 외로운데. 그가 보기에 아내와 자신은 서로 다른 방식으로 늙어버린 것만 같았다. (「그 남자의 가출기」)

그에게도 꿈이 있었다. 그리고 남들처럼 꿈을 꾸지 않으려고 애쓰게 되는 순간이 왔다. 꿈을 이루기 위해 노력하던 시절을 지나니 어느 순간 꿈을 포기하기 위해 애쓰게 되어 버렸다. (「꿈을 꾸었다고 말했다」)

그들은 현재의 자신을 못 견뎌 하며, 과거를 떠올리게 하는 여인과 데이트를 하기도 하고, 집을 떠나 떠돌아 다녀 보기도 하며 방황하지만, 어느 순간, 족쇄로 여겼던 아내 역시 노화에 이르는 누추한 삶을 견디며 살아왔음을 깨닫고 연민을 느끼게 된다.
「정읍에서 울다」에서 '그'는 아들의 이혼 때문에 서낭당 밭을 팔았다는 이야기를 하자 아내가 눈물을 흘리는 것을 보고, 그 밭과 함께 한 아내의 노고와, 시원하고 섭섭하고 애달프고 짠한 아내의 마음을 헤아리게 된다. 파킨슨병을 앓아 치매 증상이 점점 심해지는 아내가 그토록 찾아 헤맸던 '정읍댁'이 폐렴으로 잃은 첫딸이라는 것, 그들 사이에 죽은 자식에 대한 사무친 그리움이 공유되고 있었음을 깨달으며, 아내를 업고 밤길을 걸으며 나누는 부부의 대화는, 이들이 "아픔으로 공명하는" 연민의 공동체임을 보여준다. 이는 「그 남자의 가출기」에서도 볼 수 있다.

대파를 심었는데 양파가 났어 …… 대체 무얼 심었기에 내가 된 걸까. 그는 날마다 파종되는 슬픔을 지켜보며 거기에서 자랄 새로운 슬픔을 예언하는 심정으로 중얼거렸다. 그리고 아내도 이런 생각을 했으리라 짐작했다. 집을 나온 뒤 처음으로 아내가 그리웠다. (「그 남자의 가출기」)

아내의 삶 또한 꿈을 잃고 부패되어 가고 있는 과정이었음에 대한 연민은 「아내의 발라드」 시리즈로 이어진다. 결혼한 여자들, 아내들만이 흉측한 질병에 걸려 죽어가는 이야기인 이 연작은 결혼이라는 제도 안에서 파괴되어 가는 여성들에 대한 애가라고 할 수 있다. 그러나 이 소설들에서 아내의 목소리는 직접 전해지지 않으며, 「꿈을 꾸었다고 말했다」에 이르러서야 아내는 비로소 목소리를 얻는다. 「꿈을 꾸었다고 말했다」는 손홍규가 몇 년 동안 탐색한 주제의 완결판이라고 할 수 있는 것이다.

「꿈을 꾸었다고 말했다」는 손홍규의 주인공들이 잃었다고 말했던 그 꿈을 마지막 장면으로 보여주며 끝난다. 삶이란 본래 남루한 것이고, 인간이란 누구나 죽음을 향해 가는 비극적 존재라고, 이러한 삶의 한 귀퉁이에서 서로에게 깊이 다가가는 한순간이 소중한 것이며, 그것이 삶을 구하는 것이라고.

(2018. 3. 26.)

---

second rabbit: 손홍규는 소설가로서의 자의식이 무척이나 강한 작가 같아요. 어느 지점에서라도 스스로가 말하는 사람이라는 것을 의식하고 있는 것이 아닐까 하는 생각이…

뭉게구름: 손홍규는 삶을 구원한 건가요?
  ↳ **gratia**: 이 소설에 나타난 구원의 방식은 작가의 삶에 대한 천착이 현재 도달해 있는 지점이라고 봅니다.^^

쓸데없는 잡담의 쓸모

솜사탕

꽤 늦은 시간에 친애하는 후배 R에게 전화가 왔다. 밤에는 전화보다 문자로 수다를 떠는 경우가 많은데 12시가 넘어서 전화를 했다면? 상상할 수 있다시피 흥청망청 술을 마신 후 전화 주사였다. 다행인지 불행인지 술을 마셨을 때와 마시지 않았을 때의 발음과 정신상태가 큰 차이가 없으므로 대화는 여전히 암울하고, 유쾌한 편이었다. R은 최근 업데이트 된 사건사고 소식과 소문을 전해주고 암울한 기분이라기에, 나는 당분간 우리나라에서 '암울함'은 안땡땡 씨에게만 허용하자고 달래주었다.

R은 주로 나에게(그리고 나도 R에게) 주변 사람들의 '만행'을 전하는데, 이런 행태는 우리가 타인을 비난만 하는 저급한 인간이어서가 아니고, 평범한 영장류이기 때문이다. 사람들이 뒷담화를 할 때 정확한 정보의 교류를 목적으로 하는 것은 아니다. 연구에 의하

면 즐거움을 위해서 나누는 대화에서 타인의 선행에 대한 이야기는 10% 정도이며 도덕적, 사회적 위반 행위에 대한 내용이 대부분이다. 이런 현상은 사회적으로 보탬이 될 때가 있다. 예를 들면 규칙을 위반한 사람을 직접 처벌할 때에는 비용이 많이 드는 데 반해 이런 한가한 대화에서 위반자를 조롱하고 희화화하는 경우 저비용으로 충분히 비슷한 효과를 낼 수 있기 때문이다. 그런 의미에서 기껏 잘 웃고 놀고 일어나며 '쓸데없는 소리 그만하고 일들 해'에서 '쓸데없는'이라는 말은 생략해도 좋지 않을까.

(2018. 3. 8.)

gratia: 늘 쓸데있는 소리만 하고 사느라 피곤해, 가끔은 이렇게 쓸데없는 소리도 하고 살아야지. 나와 수다를 나누는 사람들은 이렇게 말하면서 대화를 종료합니다 ㅎㅎ

second rabbit: 솜사탕님 인상은 왠지 쓸데없는 이야기를 하면 바로 퇴출일 것 같은데 말이죠. ㅎㅎㅎ

성의 표시치고는 길어졌다

솜사탕

여러 종류의 생선초밥이 있을 때 어떤 것부터 먹을까? 일생을 평범과 표준, 노말을 추구하는 나로서는 광어 정도면 충분히 행복하다. 물론 과거 한동안은 각종 연어를 찾아다녔고, 요즘은 '새우장 초밥'을 먹으러 가끔 예전에 살던 동네 초밥집에서 식사 약속을 하기도 하지만 아직 나에게 초밥의 이데아는 광어 초밥이다.

정재승 선생이 초밥 먹는 순서를 관찰한 글을 읽은 적이 있다. 두 사람씩 짝지어서 여러 종류의 그러나 한 개씩만 준비된 '초밥풀'에서 교대로 하나씩 먹고 싶은 것을 가져가도록 했다. 다 가져가면 자유롭게 먹으면 된다. 관찰에 의하면 큰 접시에서 자신의 앞접시로 초밥을 가져올 때는 두 사람 모두 좋아하는 것부터 가져오지만 먹을 때는 그렇지 않다. 어떤 사람은 제일 먼저 가져온 것부터, 다른 사람은 가장 나중에 가져온 것부터 먹었다. 전자는 좋아하는 것부터, 후자는 좋아하는 것을 제일 나중에 먹는 패턴을 보여주는데 맨 처음 어떤 것을 먹는지 알면 두 번째, 세 번째에 어떤 것을 먹을지 예측할 수 있었다고 한다. 좋아하는 것부터 먹는 사람의 특성을 알아보려고 온갖 변인을 넣어보았지만 형제자매의 수 이외에는 특별히 유의미한 변인은 없었다. 예상할 수 있다시피 형제자매가 많은 학생일수록 좋아하는 것부터 먹는 경향이 있었다. 음, 이런 결과를 군이 실험을 해봐야 알 수 있는가.

초밥 먹는 순서를 말하려던 게 아니고, 밤마다 특히 목요일처럼 살아남는 게 목표인 날은 먼저 뜨거운 물에 씻고 글을 쓸 것인가, 아니면 글을 쓰고 샤워를 마친 후 곧바로 잠을 자러 갈 것인가, 순서를 정하는 일이 순조롭지가 않다. 오늘은? 씻고 왔더니 몹시 졸리다.

(2018. 3. 30.)

---

gratia: 전 언제나 맛있는 것부터 먹지요. 배 부르면 더 이상 못 먹으니까.^^

통통이: 먹는 순서는 그때 그때 다릅니다.^^

뭉게구름: 저는 실험실의 나방이 아닙니다.^^

달리기만 잘해도 살 수 있음

솜사탕

드라마를 인터넷 기사로만 '보고' 있는데, 건축과 관련된 회사의 부장님이 기간제 파견직원을 뽑을 때 다른 우수한 인재를 젖히고 자신의 자랑스러운 점을 '달리기'로 적은 다사다난한 캐릭터를 선택했다고 했다. 기간제이므로 곧 다른 직장에 면접을 보러가야 할 신세지만 암튼 '달리기'로 몇 개월을 먹고 산 셈이 아닌가.

또 달리기를 잘해서 목숨 부지한 사례는 기린이다. 오후에 후배가 얼굴책에 링크를 걸어둔 영상은 1분 정도 되는 기린의 필사의 달리기다. 우아하지만 한없이 게으르고 느려 보이는데, 기린은 4~5마리의 사자를 따돌리고 멋진 모래먼지를 일으키며 달려간다. 기린의 무릎쯤에서 달리는 사자들에게는 최루가스 정도의 공격이지 않았을까. 아, '달린다'는 너무 스포츠스러운가? 그러다 기린이 도망가는 길목을 지키던, 그러니까 축구식으로 말하면 미드필더들은 자신의 영역을 벗어난 기린을 더 이상 쫓아가지 않고, 최전방에서 체력을 아끼던 공격 담당이 나섰다. 만약 사자의 동체시력이 4번 타자 수준이었다면 점프 한 번으로 기린의 뒷다리를 물수 있을 만큼 거리가 좁혀졌고 따라가던 카메라에 한꺼번에 빛이 쏟아져 들어오는 바람에 화면이 하얗게 변했다. 아~ 여기에서 끝인가? 그래도 기린은 상황에 비해 아주 훌륭했다, 고 명복을 비는 순간 여전히 긴 다리를 힘차게 휘저으며 달리는 기린이 다시 화면에 나타났다. 게다가 어느 틈에 기린의 뒤에서 옆으로 따라붙은 사자를 넘어뜨리고 몇 번 밟아주기조차 하더니 계속 우아하게 달려 저 앞에서 초조하게 기다리던 무리들 틈으로 무사히 들어갔다. 기린 쫓던 사자들은 잠시 작전타임에 들어갔다. 기린의 입장에서야 다행이지만, 사냥에 실패한 사자들은 어쩌나~. 게다가 기린에게 밟히기조차 한 녀석의 경우 아프고 창피하고 배도 고파서, 차라리 일어나지 말까, 라고 잠깐 고민했을 수도 있다.

도대체 기린의 심폐기능, 근력, 나름 공격성이 과연 풀때기만으로도 가능한가? 이런 가성비 좋은 존재 같으니….

(2018. 5. 1.)

---

second rabbit: 멋지네요. 박민규의 '기린입니다'가 문득 떠오르지만 그게 무슨 장면이었는지는 잘 기억나지 않네요. 전철역 벤치 같은데 앉은 탈진한 것도 같고 도를 통한 것도 같은 캐릭터가 긴 목을 차분하게 가누면서 했던 말 같기는 한데….

gratia: 대단한 묘사력이예요 ^^

아들의 새로운 취미

우슬초

올해 초등학교에 입학한 아들은 1시 정규 수업이 끝난 이후, 어린 이집에 다니는 동생의 하원 시간에 맞춰 하교하기 위해, 학교에서 실시하는 방과후수업을 두 강좌씩 신청해야 했다. 1학년 학생의 경우, 대부분은 태권도나 피아노, 미술과 같은 학원을 더 많이 다니는 상황인지는 몰라도, 이번 주 체험 수업 기간에 1학년 학생은 거의 없었다는 것이 아들의 등하교를 돌봐주셨던 친정어머니의 전언이었다.

그런 아들이 덩치 큰 형들 사이에서 신청한 방과후수업 중 하나는 바둑이다. 기특하게도 외할아버지와 할아버지가 바둑을 좋아한다는 것을 기억하고서는 바둑을 배워 외할아버지와 할아버지와 함께 대국을 해보겠다는 아들의 원대한 꿈의 발로였다.

사실 바둑과 관련된 아들의 재미있는 일화가 하나 있다. 바둑 규칙을 전혀 모르던 아들이 6살 된 무렵, 친정아버지로부터 바둑이란 바둑알로 집을 짓는 것이라고 들은 모양이었다. 그런 아들이 어느 날, 친정아버지가 켜놓은 인터넷 바둑 사이트에서 혼자 열심히 바둑돌을 놓는 듯했는데, 한참을 바둑 두는 시늉을 하던 아들이 환희에 찬 목소리로 "바둑 다 됐다."라고 외치는 것이었다. 무슨 소리인가 싶어 모니터를 보니, 세상에나, 아들이 바둑돌로 굴뚝과 창문이 달린 집을 정성스럽게 그려놓은 것이 아닌가. 그렇게 한바탕 웃고 넘어간 적이 있었는데, 그런 아들이 이제는 정식으로 바둑을 배우겠다고 하니, 바둑 규칙을 전혀 모르는 나는, 내가 가르쳐 줄 수 없는 새로운 분야를 배우겠다는 아들의 시도가 기특할 뿐이었다. 특히나 외할아버지와 할아버지의 취미 생활을 손자가 이어가겠다고 하니, 그 자체만으로도 흐뭇했다.

첫 바둑 체험 수업을 받은 아들은 제일 앞자리에 앉아 열심히 바둑 규칙을 배웠고, 형들과 바둑 시합을 해서 자기가 이겼다는 신빙성 없는 이야기를 전해주었다. 아들이 좀 더 자라, 외할아버지와 할아버지랑 함께 서로 진지하게 바둑을 두는 날이 오기를 기대해 본다.

(2018. 3. 6.)

gratia: 할아버지들이 좋아하시겠네요. 손자의 바둑 솜씨 늘어가는 재미를 보시겠군요. ^^

학부모의 시간을 요구하는 시대

우슬초

연일 아들의 학교에서 알림 메시지가 오고 있다. 한 번에 보내면
될 것을 굳이 매일 한 건씩 새 알림을 보내오는 중이다. 아들의
학교로부터 매일 새롭게 받는 알림의 내용은 가령 이런 것들이다.
학교운영위원회 학부모위원 선출, 학교폭력대책자치위원회 학부
모위원 선출, 학부모회 임원 선출, 학부모교육지원단 신청, 녹색어
머니회 신청, 어머니 봉사단 신청 등이다. 오늘 온 알림 문자를
보니, 조만간 학부모 동아리도 신청 받을 듯하다. 아, 나는 참석은
하지 않았으나, 어제와 오늘은 학부모 교육이 있는 날이기도 했다.
 이러한 온갖 종류의 학부모 참여 알림 문자를 한 번에 받는다면,
그 내용을 한 번만 무시하면 되지만, 이렇게 매일 한 건씩 새로운
모임의 참여를 요구하는 알림을 받아보니, 차례차례 마음의 짐이
생기기 시작했다. 워킹맘으로, 이러한 각종 임원이나 봉사단 신청

은 아예 생각조차 하지는 못하고 있으나, 이리도 많은 학부모 참여를 요구하니, 심적으로 부담되는 것은 어쩔 수 없기 때문이다.

워킹맘들은 자녀가 학교 임원으로 선출되는 것을 매우 걱정한다고 한다. 당연히 이 많은 학부모 모임 중 하나는 임원의 엄마가 양심껏 맡아주는 것이 도리인지라, 울며 겨자 먹기로 어떤 경우는 사람을 사서 녹색어머니회 봉사를 대신 보내기도 한다는 이야기를 들었다. 자녀가 임원이 되기를 원하지 않은 것뿐만 아니라, 학년 주임 선생님 반에 배정되지 않기를 간절히 기도하는 워킹맘도 많다고 들었다. 아무래도 학년 주임 선생님이 학년별로 할당된 각종 학부모위원을 채우고자 온갖 신경을 쓸 것이 분명하기 때문이다.

지금은 시대가 많이 달라졌지만, 어린 시절, 학교 임원 욕심이 많았던 나는 부모님을 학교로 오시게 할 일이 많았다. 학창 시절, 덜컥 학생회 임원이 되었을 때에는 학년 주임이기도 하셨던 담임의 권유, 또는 압력으로 학교 전체 선생님들을 모시고 식사를 대접해야 할 일도 있었다. 당시, 자모회장이었던 같은 반 친구의 어머니는 스승의 날 때에 전체 선생님들을 모시고 식사 대접을 했었고, 해당 학년 선생님들께는 고가의 선물을 주었다는 소문이 자자했다. 그러나 당시 우리 집의 형편은 이제 막 급격히 어려워지기 시작할 무렵이었다. 이제 막 어려워지기 시작할 무렵이었으니, 그나마 전체 선생님들을 모시고 식사 대접을 할 수 있어서 다행이었는지도 모른다. 그 후로 나는 학교 임원이 되지 않기로 마음먹었던 기억이 있다.

이젠 학부모가 된 지금, 학부모의 경제적 지원을 바라는 시대는 끝났지만(그러리라 믿는다) 대신 학부모의 시간을 요구하는 시대가 도래하고 말았다. 그 요구가 내 귀에 직접적으로 들어오기 전까지, 묵묵히 나는 귀를 닫고 있겠지만, 학부모 되기란 참 어려운 듯싶다.

(2018. 3. 13.)

---

gratia: 학부모의 시간을 요구하는 것도 김영란법으로 제어가 되었으면 좋으련만…. 마음 고생까지 시작됐네요. ^^

솜사탕: 이런 저런 경험담을 들어보면 학부모의 '참여'는 위원회로 해결될 일이 아닌 듯하던데요. 헐~

대학 수업

우슬초

"교수님, 안녕하세요. 갑작스런 문자 죄송합니다. 저는 졸업생인데
요. 조카가 현재 고2인데 대학 강의가 어떤 식으로 진행되는지 굉장
히 궁금해 하네요. 그래서 이번 주 금요일이 개교기념일이라 교수님
께 양해를 구하고 수업에 방해 안 되게 제일 뒤에서 잠깐이라도 조용
히 들어 보고 싶습니다. 혹시 수업 진행에 방해가 안 된다면 허락을
구하고 싶습니다. 연락처는 강의계획서에서 알게 됐습니다. 부탁드리
겠습니다. 그럼 좋은 하루 보내세요."

어제 아침에 내가 받은 문자이다. 자신의 이름이나 소속을 밝히
지 않은 채 보내온 낯선 번호의 문자를 받고 한참을 고민했다. 고
등학생 입장에서 대학 강의가 어떻게 진행되는지 무척 궁금해 할
것이라는 것은 충분히 공감도 되고, 모처럼 쉬는 날에 놀러갈 생각

은 하지 않고 대학 수업 청강에 도전하려는 학생의 기특함이 대견도 했다. 그러나 나의 강의가 이 학생에게 대학 수업의 전형처럼 보인다면, 또는 이 학생이 국어국문학과 진학을 고민하는 학생이라면, 어쩌면 나의 이 강의가 이 학생의 인생을 바꿀 수 있는 계기가 될지도 모른다는 부담이 더 컸다. 그래서 마음으로는 거절을 하고 싶었으나, 거절의 명분을 찾지 못한 채 승낙을 하고 말았다.

그리하여 평소와 다르게 약간은 긴장된 마음으로 1교시 강의실에 들어갔다. 어제 받은 문자에서처럼 앳된 고등학생이 있지 않은지 강의실을 둘러보았으나, 낯선 얼굴은 보이지 않았다. 나도 모르게 안도의 한숨을 내쉬며, 학생들에게 어제 받은 문자의 내용을 소개해 주었다. 그러면서 학생들에게는 그 고등학생이 기대하고 있을 대학 수업의 이상적인 모습이 무엇일지 가볍게 웃어넘기며 대화를 나눈 다음, 평상시처럼 수업을 이어 나갔다. 학생들도 여느 때와 다름없이 그저 그렇게 조용히 강의를 들었다.

그런데 1교시가 끝나고 쉬는 시간, 잠시 휴대폰을 보느라 한눈 판 사이에 한 학생이 나에게 고등학생이 들어왔다며 살포시 정보를 주는 것이다. 아니나 다를까. 생각보다도 더 어려 보이는 여학생과 함께 아버지와 어머니도 함께 강의실 뒤편에 앉아 있는 게 아닌가. 당황했지만, 애써 아무렇지 않은 듯 가볍게 눈인사를 했더니, 그 여학생이 다가와 음료수와 함께 인사를 건넸다. 이 장면을 지켜보고 있는 다른 학생들에게 "여러분들한테는 음료수를 받으면 안 되는 것 아시죠? 그래도 고등학생이 주는 것이니 받아도 되겠죠?"라며 그 여학생이 수줍게 내민 음료수를 받았다.

다행히 강의는 그럭저럭 진행이 되었고, 일부러 준비하지 않았지만 그래도 대학 강의인 티를 내고자 생각거리들을 이것저것 제시했다. 그런데 고마운 것은 수강생들이 이러한 나의 마음을 읽었는지, 1교시 때와 다르게 자신의 생각을 표현해 주는 경우가 많았다는 것이다.

수업이 끝나고, 그 학생의 부모님에게 짤막하게 들은 바로는 이과를 선택한 그 학생은 이과가 적성에 맞지 않는 것 같아, 대학에서의 인문계열 과목을 미리 들어본 다음, 진로를 바꾸기 위한 자퇴를 준비하려고 한단다. 대학 수업을 미리 들어보려는 생각이 그 학생의 생각인지, 부모님의 생각인지는 모르겠다. 그러나 잠깐 동안 대한 그 학생과 부모님의 태도로 봤을 때, 아이의 선택을 존중해 주되, 그 선택이 좀 더 현명하게 이루어질 수 있도록 부모님들이 적절히 지원해 주는 듯한 인상이 들어, 그 학생에게 오늘 내 강의 청강을 허락한 것이 잘했다는 생각이 든다.

대학에서도 고등학생들을 대상으로 한 다양한 진로·진학캠프를 많이 하기는 하지만, 이렇게 자신의 진로 선택에 도움이 될 수 있는 실질적인 프로그램이 필요하다. 무엇보다 자신의 진로를 찾기 위한 다양한 체험 활동을 중고등학교에서 많이 이루어져야 할 것이다.

아무튼 오늘의 수업을 계기로 내 수업을 듣는 수강생들에게도 대학 수업의 의미나 재미가 무엇인지를 다시 한번 생각해 볼 수 있는 계기가 되었으면 한다.

(2018. 3. 22.)

Sometimes we need drama

Sometimes we need drama, 이것이 오늘의 문장이다. 때로 우리는 드라마를 필요로 한다. 그렇다. 우리는 드라마가 필요하다. 때로는 말이지. 오늘은 이 문장이 마음에 들어왔다. 사실 그다지 특별한 문장은 아니다. 그러나 때로는 둔한 화살에 맞을 때도 있다. 때로는. 이 특별할 것 없는 문장이 나에게 꽂히자마자 갑자기 매력적으로 느껴진다. 문장은 화살처럼 우리에게 날아와 꽂힌다. 나는 가능하면 매일 그 날의 문장을 찾고 있는데, 하루에 하나의 문장을 기억하는 일을 루틴으로 삼으려고 하고 있기 때문이다. 때로는 전혀 알지 못했던 깨우침을 주는 문장이 있는가 하면, 익히 잘알고 있기는 했지만 표현하지 못했던 어떤 것을 드러내 주는 문장도 있다. 오늘은 이 문장에 마음이 끌렸다. Sometimes we need drama. 특히 sometimes라는 단어가. 이 영어 단어는 매혹적인 단어

Sometimes we need drama   139

다. 물론 모든 단어들이 자신의 아름다움을 갖고 있지만. 때로 sometimes 우리는 사랑에 빠지고, 때로 우리는 우울해지고, 때로 멍청한 짓거리를 하기도 하고, 때로 평범한 문장에 끌리기도 한다. 거리를 내려다보는데 고양이가 전속력으로 도로를 가로지른다. Sometimes. 그리고 그 sometimes가 드라마가 되면 더욱 더 좋다. 우리는 sometimes가 필요하다. 일상을 깨뜨리고 우리의 인생을 만드는 것이 바로 sometimes이니까.

모든 단어는 예기치 않게 빛을 낼 때가 있다. 물론 주관적으로. 그 빛을 전달할 수 있다면 얼마나 좋을까. 나에게만 빛나던 그 빛을 당신에게도 보게 할 수 있다면. 마치 텔레파시처럼.

그게 글이겠지? 다행히도, 하지만 안타깝게도….

(2018. 4. 18.)

솜사탕: 음… 글을 읽고 보니 매력적인데다가 한편 만병통치약같기도 하네요. 그게 뭔지 모르겠지만 늘 그래야 하는 의무감을 살짝 비키면서 하고 싶은 대로 할 수 있는?? 자주 써야겠어요 ㅋㅋ

gratia: 아름다운 글이네요. 생생한 감성이 느껴져요. 이 글을 쓰실 때 어떤 특별한 환경이나 정서가 있었는지 궁금해요. 그 느낌을 계속 살리셨으면… ^^

우슬초: 저도 저만의 sometimes를 꿈꿔보게 되네요.

모어가 앙상하게 야위고 있다

second rabbit

우치다 다쓰루는 그의 책 『어떤 글이 살아남는가』에서 자신의 글이 위치한 상황을 "모어(母語)가 앙상하게 야위고 있"는 위기의 시점이라고 말한다. 즉, 영어가 지배적인 언어가 되고 있다는 것이다. 물론 이런 상황은 일본보다 우리가 더 심각해 보인다. 대학에서는 영어 강의가 늘어나고 있고 학회들에서는 영어가 공식적인 소통의 통로가 되고 있다. 이러한 상황은 아카데미의 영역만은 아니어서 거리의 간판들은 태반이 영어이고, 대중의 일상어에서도 영어가 스스럼없이 쓰이고 있다. 정말 심각한 문제는 영어 교육에 대한 욕망의 불길이 점점 어린 아이들에게까지 번지고 있다는 점이다. 다쓰루는 이런 상황이 초래한 결과 중의 하나가 역설적으로 영어 능력의 저하였다고 말한다. 왜 그럴까? 언어란 성능 좋은 도구에 불과한 것이 아니라 인간이 언어로 만들어져 있기 때문이라는 것이다. 어떤 언어를 자연스럽게 쓸 수 있다는 것은 그 언어를 모어(母語)로 삼는 민족 혹은 집단의 사고방식과 문화와 감각을 우리의 몸에 각인시킨다는 것을 의미한다. 바로 이러한 자연스러운 숙달로부터 창조적이고 혁신적인 사고가 나올 수 있다. 즉, 모든 공부의 토대는 국어인 것이다. 그런데 바로 그 토대인 국어가 위기에 빠지고 빈약해지게 되면 외국어뿐만 아니라 모든 공부가 흔들릴 수밖에 없는 것이다.

다쓰루는 모어가 아니라면 신조어를 만들 수 없다고 말한다. 새로움이란 자연스러움과 풍요로움에서 나오는 탄생인 것이다.

어디선가 읽었던 이야기인데, 엄마가 아이와 단어 놀이를 한다. 두 개의 단어를 주고 거기에서 연상되는 세 번째 단어를 맞추는 것이다. 엄마가 아이에게 낸 문제는 이렇다. flower와 lake라는 단어에서 연상되는 세 번째 단어는? 힌트는 날씨와 관련이 있다.

정답은 snow다.

왜? flower와 lake에서 쉽게 발음되는 혹은 연상되는 단어는 flake이다. 그런데 flake가 가장 많이 쓰이는 경우는 snow flake, 그래서 snow다. 호수 위에 꽃처럼 내리는 눈송이.

그들에게는 그다지 어려운 문제도 아닐 테지만, 이런 연상을 영어를 모국어로 쓰지 않는 아이들이 해낼 수 있을까?

세계화라는 명목으로 영어에 목을 매는 것은 너무나도 어리석은 일이어서 일종의 자해 혹은 자살이라고나 해야 하지 않을까 싶다. 게다가 억지로, 출세하기 위해서, 돈을 벌기 위해서, 성적을 얻기 위해서 외국어를 접하는 것은, 그 외국어를 배우는 경이와 기쁨마저도 앗아가 버린다.

(2018. 5. 26.)

---

gratia: 고맙습니다. 국문과의 홍보대사로 삼고 싶네요. ^^

통통이: "모든 공부의 토대는 국어"에 동의합니다. 한국의 고전문학을 영어로 강의하는 게 저의 꿈이긴 합니다만….

사라진 단어

second rabbit

꿈에서 단어 하나를 살해하라는 신탁—신탁인지 아닌지는 확실치 않지만 반드시 이행해야만 한다는 절대명령이었다는 데에는 의심의 여지가 없다—을 받고 그 놈을 추적하다가 잠에서 깼다. 참고로, 마지못해 해야만 했던 귀찮은 임무였다는 인상이 남아 있다. 이것은 일종의 소영웅주의적인 감각일 것이다. 원하지 않음에도 수행해야만 하는 운명적 책무를 감당하고 있다는 주인공 의식이랄까. 그러고 보면 확실히 루카치의 말마따나 모든 비극의 정수는 고독이다. "고독은 연극적일 뿐 아니라 또한 심리학적이기도 한데, 왜냐하면 이러한 고독은 모든 '등장인물(dramatic personae)'들이 지니는 선험성이면서도 동시에 주인공이 되어 가는 인간의 체험이기 때문이다."

어쨌든 지금은 그 단어가 무엇인지 아슬아슬하게 생각이 나지 않는다. 꿈속에서는 그 단어를 듣자마자 아주 쉽게—이건가, 저건가, 아 그 놈이군—인지할 수 있었는데. 〈브루스 올마이티〉에 나왔던 모건 프리먼을 닮았던 것 같은 느낌이었는데….

뭐, 망각을 견디지 못하고 결국 기억의 수면으로 떠오를 놈이라면 언젠가는 뜰채에 걸리겠지. 아니면? 그럼, 그냥 kill한 걸로 치자.

요즘 꿈속에서 이런 탐정 영화 내지는 공포 영화를 돌리는 일이 잦아지고 있다. 참, 키가 클 때도 아닌데 무슨 일인지….

(2018. 6. 4.)

솜사탕: 키 클 때는 높은 데서 떨어지는 꿈 아니예요? 근데 꿈조차도 너무 '활자적'으로 꾸시는데요…. 사실 살해하고 싶은 문자들이 좀 있기는 해요. ㅋㅋ

gratia: 오, 소설의 발단으로 좋은데요… rabbit 님이 안 쓰신다면 제가 언제 한번 빌려갈게요….^^

통통이: 만나면 좀 더 말씀해주세요… 재미있습니다.^^

출정 신고

뭉게구름

남자들도 이야기를 하고 논다. 어떤 때, 각자가 가진 이야기보따리를 풀어 헤쳐 놓다 보면 밤이 다한 줄도 모른다. 특히 술자리 이후, 술을 깬다며 차를 한 잔씩 마시며 나누는 이야기는 그런 이야기가 이뤄지는 최고의 자리다. 여흥을 음미하는 이야기보따리라고나 해야 할까.

그런데 이때 이뤄지는 이야기들은 그 진위가 선뜻 파악이 안 된다. 맨 정신이라면 물론 하지도 않을 이야기지만, 어떤 이야기든 '아, 장난하고 있구나'라고 쉽게 파악할 수 있는 이야기도 술자리 끝에서는 도통 그 진위를 가늠하기가 어렵다. 이때 이야기의 소재는 대개 자신들이 어린 시절에 시골에서 직접 보았다고 하는 어떤 기사에 관한 것들이기 쉬운데, 그럴듯하게 포장되어 있는 데다 누군가가 앞에서 한 또 다른 기이한 이야기에 편승된 분위기를 타고 이어지는 터라 진위가 쉽게 파악되지 않는 것이다. 예를 들어, 남원에 살았던 누군가가 자기 동네 앞으로 강이 흘러갔는데, 동네 어귀에는 30미터가 넘는 큰 은행나무가 있었다는 것으로 이야기를 시작한다. 그 강에는 자기 팔뚝보다 큰 물고기들이 헤엄쳐 다녔고 그냥 망으로 뜨기만 하면 되었는데 어렸을 때는 어른들이 아이들에게 그 일을 못하게 했단다. 잘못하면 물고기 무게 때문에 강으로 끌려간다나 뭐라나. 아무튼 물고기를 잡으면 그날 반찬거리는 쉽게 해결되었다고 한다. 그리고는 장마철 어느 날엔가는 소변보러 나갔다가 그 은행나무 위에 가물치가 앉아서 뻐끔거리고 있는 것을 봤다고 하는 거다. 이럴 때, 이야기의 시작은 흔히 이렇다. "혹시, 오래된 가물치는 나무 위에 올라가고 그러는데 그런 것 아요?" 그러면, 또 누군가는 자기 집이 큰 산 밑자락에 있었는데, 어느 달밤에 큰 짐승 그림자가 문에 비춰서 보니 늑대였고 그 늑대가 자기 집 소를 물고 갔다는 식으로 이어진다. 이런 경우, 나는 흑산도 집들은 만년 묵은 거북이 등으로 기와를 올리고, 천년 묵은 거북이 등으로는 담벼락을 쌓는다는 이야기를 하는데, 이럴 때 자칫하면 자신들의 진실함을 왜곡한다며 서운한 얼굴로 자신들 이야기의 진실함을 강변한다.

어느 날, 비교적 젊은 친구가 도무지 진위를 헷갈려 하면서 믿지 못하겠다는 어투로 "에이, 진짜로요? 믿기 힘든데…"라고 했다. 그러자 그날의 이야기꾼이 갑자기 엄숙한 어투로, "내가 너 믿으라고 이 이야기하는 것이 아니다" 했다. 그 후로, "내가 너 믿으라고 이 이야기하는 것이 아니다"는 표현은 우리들 사이에서 유행어가 되었다.

술자리 이후, 여흥 삼아 하는 이야기를 두고 진위를 파악하려고 하는 것도 우습다 할 수 있지만, 너무 생생한 체험담처럼 늘어놓는 이야기를 듣다 분명히 뭔가 아니다 싶은데 그럴 듯하니 의문을 품게 되고 그래서 던지게 되는 이런 반문 자체도 이야기의 일부라고 할 수 있겠다. 사실 가까운 이들과 편하게 나누는 술자리에서는 마음의 경계심도 풀어 헤쳐지고, 또 날선 정신도 무장을 해제하고 편히 쉰다. 오늘도 나는 굳은 마음을 풀고, 정신을 무디게 하기 위해 기꺼이 부름에 응답한다. 하지만, 난 상습적인 술꾼은 아니니 오해는 결코 마시라!

(2018. 4. 13.)

---

gratia: ㅎㅎ 구비문학의 세계가 그곳에 있네요~^^

second rabbit: 지적의 랍비 이야기가 생각나는 대목이네요. ㅎㅎ
그런데 마지막 문장은 그게 오해가 되는 거였나요? 우리 믿으라고 이야기하는 것 아니시죠? ㅋㄷㅋㄷ

경험이 좋은 스승이 되려면…

뭉게구름

어린 시절부터 난독증이 있었다는 사람을 만났다. 글씨가 휙휙 날아다녀서 붙잡을 수가 없었다고 한다. 당시에는 난독증과 같은 증세가 알려지지 않았던 터라 내내 가족으로부터, 선생님들로부터 많이도 혼났다고 한다. 공부도 선생님이 수업할 때 설명을 듣는 것으로 채웠는데, 유독 수학만은 잘해서 이게 또 탈이 되었다고 한다. 하필 전교 1등하는 친구와 짝꿍이 되었을 때는 커닝하지 않았느냐는 의심도 받았다는 것이다. 이 난독증은 35세 즈음에 갑자기 스마트 폰의 글이 제자리에 얌전히 있는 것을 체험하면서 치료되었다고 한다.

난독증 때문에 알고 싶은 것은 사람들에게 물어서 해결하곤 했는데, 사람들의 표정을 주의 깊게 살피거나 이야기를 경청하는 데에 집중하게 되었고 그래서 직감력(본인의 말)이 좋아졌다 한다. 난독증 때문에 다른 곳에 취업을 할 수 없어 한의사를 하시던 아버지

일을 도왔는데, 내방한 환자들의 안색을 살펴보면 어디가 아픈지 십중팔구 알아낼 수 있었다는 것이다.

그런데 난독증으로 인해 얻은 최고의 자산은 자신이 사람들로부디 이해받지 못했던 것으로부터 왔다 한다. 대개의 사람들이 일반적으로 이해 못하는 어떤 일이나 사람에 대해 알 수 없는 어떤 사정이 있을 거라며 예단하지 않는 자세를 지니게 되었다는 것이다.

이 이야기를 듣다, 서강대 산업문제연구소에서 노동 관련 과정을 이수할 때 헌법 개론을 강의하셨던 헌법학자가 들려준 이야기가 떠올랐다. '부유한 가정에서 자라와 무난하게 법조인이 된 경우와 어려운 가정에서 고학으로 힘겹게 법조인이 된 두 경우의 법조인이 있다. 그럴 때, 이들 중 일반 잡범에게 누가 더 너그러운 판결을 내리겠느냐. 부유한 가정에서 자라나 법조인이 된 경우, 자신이 체험해 보지 않은 생활고 때문에 그럴 수 있겠다는 판단이 많다. 그러나 어려운 환경에서 법조인이 된 경우에는 오히려 엄격하다. 자신도 어려웠지만 이렇게 성공하지 않았느냐는 관점이 일정하게 작용하는 것 같다.'

나는 내가 겪어온 것으로부터 많은 것을 알고 배운다. 하지만 때때로 나는 내가 겪어온 것을 제대로 이해하고, 정당하게 해석하고 있기는 한 것인지 묻게 될 때가 많다.

(2018. 5. 4.)

---

second rabbit: MB가 대표적인 케이스이겠네요. "내가 해봐서 아는데"… 체험보다 더 깊은 간접체험이 있다는 확신이 독서를 지탱하는 힘이 아닐까요? ㅎㅎ

나의 지도 투사

뭉게구름

가톨릭 노동 청년회에서는 팀 회합을 주도하고 팀을 꾸릴 수 있
도록 양성된 사람을 투사라고 불렀다. 기존 투사들의 추천과 동반
자 신부의 인정을 거쳐 투사가 되었는데, 학습과 같은 과정을 통해
서가 아닌 현장을 통해 단련된 시선을 갖춘 사람만이 투사가 될
수 있었다.

나는 가톨릭 노동 청년회에서 풀타임으로 일하던 친구를, 나의
지도 투사라고 부르곤 했는데 그이에게 배우는 바가 많았기 때문
이다.

어떤 행사를 준비하는 문제로 여러 투사들과 회의를 거듭하던
어느 날, 아무런 진전 없이 두 달 동안 반복되는 이야기에 지친
내가 그만 발끈해서 '이거는 이렇게 하고, 저거는 저렇게 하는 걸로
하자'는 식으로 정리해 버렸다. 사실, 동반자는 격려하고 지지하는

눈빛, 적절한 질문만을 하는 사람이지 결정하는 역할을 하는 사람이 아닌데 내 인내심이 바닥을 드러낸 것이다. 회합이 끝나고 다들 각자의 생활 터전으로 돌아간 후, 내 지도 투사가 면담을 청했다. 그이는 내게 말했다. "신부님, 신부님은 공부도 많이 하시고, 또 조직 문제나 행사 같은 것들을 많이 치러봐서 우리가 하는 일들을 보면 많이 답답하실 거라고 생각해요. 그런데, 우리는 배움도 부족하고 뭘 해야 할지 잘 몰라서 결정할 때마다 어려움이 많아요. 이렇게 신부님이 명확하게 정리를 해 주시면 뭐든 쉽고 간단하게 정리되긴 하지만, 우리는 역시 너무 모자라구나 하는 생각이 들 수밖에 없어요. 우리는 배운 것도 없고, 세상에서 바닥 인생이라 역시 이런 일 하나도 쉽게 못 풀어가는구나 하는 패배감이 들게 되거든요." 나의 잘못에 대한 통렬한 비판이었다. 나의 행위는 오로지 관찰-판단-실천을 도구로 해서 하나 하나 따져가며 자신들의 일을 스스로 결정하도록 하는 가톨릭 노동 청년회의 이념과는 동떨어진 행위였다. 노동 청년 자신이 자신의 삶의 주인이고, 주체이며 노동 청년의 일은 노동 청년 스스로가 결정해야 한다는 아름다운 이상에 대한 배반이었다.

오래 전 겪었던 이 일은 가톨릭 노동 청년회를 동반하던 동안만이 아니라, 이후 내 삶에 있어 하나의 지침이었다 할 수 있다. 비지배적인 삶(지도력), 섬기는 삶의 내면화라고나 할까. 하지만 이런 지향은 나의 그릇된 지배적인 경향성 때문에 항상 시험대에 올라 위태위태하게 간혹 모습을 드러낼 수 있었을 뿐이었다는 것이 솔직한 고백이겠다.

  지금은 볼리비아에 평신도 선교사로 나가 있는 이 친구로부터 모처럼만의 소식을 듣고 떠오른 일화를 옮겨본다.

(2018. 5. 16.)

---

second rabbit: 뜨끔하네요. 오늘도 강독 모임을 진행했는데, 저 외에는 아무도 말하지 않았다는 사실 이 새삼 부끄러워지네요. 그저 혼자 떠들고 말았구나 하는 반성을 거의 매번 하게 되는데, 강독이라는 형식이 그렇기는 하지만⋯ 과연 참석한 사람들이 무언가를 배우고 깨닫기는 하는지, 아니면 그냥 어쩔 수 없어서 앉아 있는지⋯ 무언가 도움이 되는 시간이 되었으면 하는 마음으로 해 나가고 있긴 한데⋯.

gratia: 한 달에 한 번 있는 교수 미사 때는 미사 주제에 관한 이야기나, 지향 기도를 모두 돌아가면서 하게 하니까, 전원이 참여하고 있다는 느낌이 들긴 하더군요. ^^

화장 문화

복숭아

얼굴 알레르기 때문에 오전에 피부과에 다녀왔다. 치료 받을 필요가 있어서 화장을 안 하고 쌩얼로 그냥 가려고 하는데 마음이 좀 불편하다. 나는 화장을 잘 못하지만 적어도 나갈 때 비비크림 같은 것은 바른다. 결국 모자랑 마스크를 쓰고 나갔다. 비록 아는 사람이 없고 마스크를 써도 마음이 여전히 조마조마해서 머리를 숙이고 갔다. 그때 나도 이제 화장을 안 하면 나갈 수가 없는 여자가 되었다는 생각이 들었다. 너무 신기하다.

5년 전에 처음에 한국에 왔을 때 화장은 맨날 하는 일 아니고 시간 여유 있거나 만날 사람이 있을 때만 했다. 그런데 그때는 오늘 같은 불편한 생각이 없었다. 그리고 한국의 여학생들이 왜 맨날 화장하는지 이해가 안 됐다. 나중에 한국 친구한테 얘기를 들었는데 화장은 더 예쁘게 보일 수도 있겠지만 쌩얼로 상대방을 만나면 예의가 없는 행동이라서 화장은 만날 사람에게 기본적인 예의라는 것이다. 그리고 늘 화장하면 익숙해지고 나서는 시간이 별로 안 걸린다고 했다. 그래서 나도 그때부터 나가면 꼭 화장한다. 교환학생의 기간이 끝나고 중국에 다시 돌아가서도 이 습관을 유지했다. 그런데 중국에서 이런 화장 문화가 없다. 중국에 있었을 때 엄마랑 아침을 먹으러 나갈 때도 꼭 화장했다. 그래서 나를 기다리신 엄마가 그냥 아침을 먹고 바로 집에 돌아오는데 왜 화장해야 하는지 이해가 안 된다고 하셨다. 아마 그때 엄마의 생각이 처음에 한국에 왔을 때 나의 생각과 똑같다.

이제 나도 맨날 화장하는 습관을 유지하고 있다. 기본적인 것만 하고 이미 익숙해져서 시간이 진짜 별로 안 걸린다. 그런데 화장해서 나가면 안 할 때보다 더 자신이 있다. 그리고 다른 사람에 대한 예의라서 당연히 지켜야 한다.

(2018. 3. 29.)

우슬초: 호치민대학에 갔더니, 한국어학과 교수님이 그러시다군요. 호치민대학에서 화장을 하는 학생은 한국어학과 학생들뿐이라고….

gratia: '화장하는 것이 예의이다'라는 것이 한국인의 일반적 생각은 아니고요. 한국인의 체면 문화가 남에게 '단정한 모습'을 보이고 싶어 하는 것은 맞습니다…. ^^

통통이: 아~이 화장 문화였군요~ㅎㅎ, 저도 남을 위해 화장할 때가 되었다고 생각합니다^^
  ↳ **솜사탕**: 그러니까요. 저도 '장례풍습'으로서 '화장'인 줄 알았어요. ㅋㅋ

영합형 인격

복숭아

오늘 심리학 책에서 '영합형 인격'이라는 어휘를 봤다. 영합형 인격이란 일상생활에서 다른 사람의 자신에 대한 평가를 너무 신경을 써서 습관적으로 다른 사람의 생각에 영합하는 성격이다. 예를 들어, 친구랑 있을 때 친구에게 폐를 끼칠까봐 모든 것이 친구가 원하는 것대로 하고 일할 때 자기의 생각을 포기하고 상사에 영합하며 연애할 때 상대방이 좋아하는 것을 억지로 따라한다.

또한, 책에서 '지금까지 누구랑 진정한 관계를 가지고 있나?'라는 질문도 있었다. 진정한 관계는 상대방과 싸울 때 그의 눈치를 안 보고 자신의 최악의 모습을 보여주는 것이다. 이 대목에서 생각해 보니 나는 그러지 못할 것 같다. 친구든 모르는 사람이든 나는 사람들과 어울리는 과정에서 다른 사람과 충돌하고 싶지 않기 때문이다.

그런데 우리가 자주 상대방의 입장을 이해하는 것과 상대방에 영합하는 것을 혼동한다. 그래서 사람들이랑 잘 지내고 상대방의 기분과 자기에 대한 평가에 너무 신경 써서 자기가 억울해도 괜찮다고 생각한다.

지금까지 내가 가장 많이 듣는 말은 '착하다, 잘한다.'이다. 사람들이랑 화난 적이 없고 항상 상대방의 기호를 우선적으로 생각하기 때문이다. 사람과 충돌이 생기면 귀찮다고 생각하는 것은 중요한 이유이지만 책에서 쓰인 것처럼 아무래도 내가 다른 사람들의 평가에 너무 신경을 쓴 것 같다. 처음에는 아마 내가 진짜 착하고 잘해서 다들 나를 칭찬하는데 점점 나도 모르게 그런 칭찬을 얻기 위해서, 다른 말로 하면 다른 사람이 나에 대한 좋은 인상을 유지하도록 하기 위해서 가끔 기분이 안 좋아도 여전히 착하게 행동하였다.

마지막으로, 그 책에서 이런 영합형 인격에 대한 해결 방법도 제시하였다. 다른 사람의 평가에 신경을 쓸수록 부담이 커진다. 따라서 다른 사람의 기호에 영합하는 것보다 차라리 자기의 진정한 모습으로 사람들이랑 지내는 것 더 낫다. 평생에 만날 사람이 얼마나 많은데 어떻게 다 영합할 수 있겠나? 다른 사람에게 영합하고 사람들이 기대하는 모습으로 사는 것이 아니라 가장 독특하고 진정한 모습으로 사는 것이 인생의 최종 목표이다. 힘들겠지만 나도 진정한 모습으로 살 수 있도록 노력해 보겠다.

(2018. 4. 1.)

gratia: ㅎㅎ 복숭아 님의 진정한 모습이 어떤 것인지 기대가 되네요… ^^

뭉게구름: ㅎ… 그런데, 너무 바뀌면 상대방들도, 그리고 무엇보다 자기 자신이 잘 적응이
안 될까 봐 염려해야 할 수도 있을 텐데요…ㅎㅎ

당신은 당원인가?

복숭아

한국에 와서 자주 듣는 문제 중에서 가장 재밌는 것은 내가 당원인가를 묻는 문제이다. 오늘도 한 연구소의 연구원 선생님이랑 얘기하는데 그 선생님이 갑자기 나한테 당원인지 물어보셨다. 처음에는 이 문제에 대하여 신경을 안 썼는데 묻는 사람이 점점 많아져서 그 이유가 궁금했다. 그래서 지난번에 후배가 나한테 이 문제를 물었을 때 "니가 그것이 왜 궁금해?"라고 물었다. 그런데 재밌는 답을 들었다. "부모님이 니가 당원이나 당원 집 딸이라면 좋다고." 내가 이 답을 듣고 어이가 없었다. 어떻게 당원인지 아닌지에 따라서 사람을 평가할 수 있는지 이해가 안 됐기 때문이다.

중국에서는 대학교 행정직이나 어떤 특별한 공무원 직위에 당원 조건이 필요한데 당원이든 아니든 사람의 생활이나 취업에 큰 영향을 미치지 않는다. 지금 당원이 아니라도 나중에 취직하고 특히 공무원직을 하면 다 당원이 될 수 있다. 본인이 원한다면. 그래서 다들 뭔가 특별한 이유로 나한테 그 문제를 묻는 것은 아닌지 궁금하다.

(2018. 4. 23.)

---

second rabbit: 많은 한국 사람들은 당원이라는 게 특별한 계급일 거라고 생각하기 때문이죠. 그러니까 조선시대 양반쯤으로 생각한다고나 할까. 중국에 대한 무지의 소산이 겠죠. ^^

gratia: 당원이면 아무래도 사회주의 의식이 투철할 테니까 말조심을 해야 할 것 같기도 하고, 중국 내에서 기반이 있으니 취업도 쉬울 거라고 생각하는 경향이 있죠. ^^

아침 풍경

통통이

아침, 베란다 창을 통해 바깥을 보고 깜짝 놀랐다. 눈이 내리고 있었다. 캄캄한 하늘에서 눈이 쏟아졌다. 무슨 일이지. 분명 비가 온다고 했는데, 그새 날이 추워져 눈으로 바뀐 건가 생각했다. 그런데 자세히 보니 눈이 아니었다. 벚꽃이 바람에 날려 눈처럼 보인 것이었다. 바람을 타고 쏟아져 흩어지는 촉촉한 꽃잎들, 꽃은 떨어질 때 자유롭다.

밖으로 나왔다. 빗물에 젖어 거리는 온통 꽃길이었다. 차창에도 바퀴에도 보도블록 위아래 틈 사이에 아이들 쓰고 가는 우산 위에, 화단에, 꽃잎은 계속해서 날리고 쌓였다.

아이와 엄마의 실랑이가 벌어진다. 비를 맞으려는 아이와 말리려는 엄마 사이의….

아이에게는 비도 놀 거리다. 까르륵 웃는 아이 얼굴에 날아든

꽃잎 한 장… 붉은 점이 되었다.

(2018. 4. 4.)

우슬초: 통통이 님이 보았을 꽃비의 모습이 절로 떠오르네요~

gratia: 벚꽃이 날리는 풍경… 봄에 누리는 아름다움이죠… ^^

뭉게구름: ㅎ… 꽃길만 걷게 해 드릴게요…ㅎㅎ

삼삼한 명란의 유혹

통통이

비가 올 듯하면서 오지 않는 눅눅한 날이다. 올 봄에는 유난히 비가 잦고 특히 주말에 비 소식을 자주 접하는 것 같다. 며칠 전 홈쇼핑에서 판매하는 명란젓이 맛있어 보인다는 남편의 이야기를 듣고 잠깐 TV를 시청했다. 거기에는 쇼 호스트와 요리사가 붉은 색의 명란을 들고 온갖 요리를 선보이고 있었다. 샐러드에, 계란찜에, 매운탕에, 밥에 곁들여 먹기도 하고, 그냥 생으로 먹기도 했다. 쇼 호스트는 짜지 않다며 명란젓을 듬뿍 입안으로 가져간다. 곁에 선 요리사는 계속해서 먹어보라며 부추겼다. "이렇게 많이 먹어도 짜지 않죠?" "어쩜! 정말 삼삼하네요. 그냥 다 먹어도 될 것 같아요" 이들의 대화를 듣다 구매를 결정했다. 정말 맛있어 보였다. 핑크빛 윤기가 도는 탱탱한 명란들이 어서 절 데려가라고 아우성치는 듯했다. 특히 삼삼하다는 말에 끌렸다.

오늘 드디어 명란이 도착했다. 늦게 집에 와서 열어보니 조금 녹아 있었다. 일단 모두 냉동실에 넣어두고 조금 맛을 봤다. 맛 본 소감은, 세상에 쉬운 일이 없다는 진리였다. 무슨 말이냐고? 쇼 호스트가 명란을 그렇게 먹어서는 안 되는 거였다. 짜!!!

(2018. 5. 17.)

---

gratia: ㅎㅎ 그 명란에 참기름과 깨소금만 넣고 드시면 됩니다. 마늘이 들어가면 금상첨화~ ^^

뭉게구름: ㅎㅎ… 빨간 명란이 아니라, 백명란을 구입하셔야겠어요….

second rabbit: 쇼 호스트 하는 것도 쉬운 일이 아니네요. 그 짠 걸 맛있다는 표정으로 집어넣어야 하다니… 돈 주면 뭘 못해. 그런 심정이겠죠?

주고받은 인사말

통통이

    오전에 스터디가 있었다. 마치고 회원들과 점심식사를 함께 했다. 옆 자리에 많은 외국인들이 앉아 식사를 하며 이야기를 나누고 있었다. 학교의 특성상 전 세계인들을 한곳에서 볼 수 있다는 것은 분명 이채로운 일이다. 누군가가 뉴욕의 여느 식당 같다면서 서양인의 외모가 부럽다고 했다. 나는 개인적으로 그들의 긴 속눈썹이 부럽다. 팽팽하게 당겨진 활시위처럼 반원을 그리며 말려 올라간 눈썹. 내 속눈썹은 길기는 한데 아래로 처져 길다는 느낌이 나지 않는다. 그들을 보면서 또 음식이 늦게 나오는 관계로 이런저런 이야기를 하며 허기를 달래다 식사 후 차를 마시기 위해 이동했다.

    우리가 들어선 곳은 처음 보는 카페였다. 학교 주변은 하루가 다르게 새로운 카페로 넘쳐난다. 카운터에서 차 주문을 받던 청년이 무슨 말인가를 했는데, 목소리가 듣기 좋은 중저음이었다. 요즘

보기 드물게 차를 직접 가져다주기에 "목소리가 좋으시네요"라고 한 마디 하자 순간 당황한 표정의 청년이, 받았으니 돌려준다는 듯 인사말을 해주었다. 그런데, 그 말에 썩 기분이 좋다고만 할 수도 없었는데, 그 인사가 이랬다. "어머니도 미인이십니다."

(2018. 5. 29.)

---

gratia: ㅎㅎㅎ, 저도 처음 그 말을 들었을 때, 분을 삭이느라 애썼지요…. ^^

뭉게구름: ㅎㅎㅎㅎㅎ… 네, 분노조절 장애는 없으시죠?… 그런데, 혹시… 아가씨??

〈시즌 4〉

2018. 9. 1. ~ 2018. 12. 9.

차오란(草蘭)

아침 산책길에 차오란(草蘭)이 청초한 자태로 피어 있었다. 그 식물의 한국 이름이 맥문동이라는 것은 십 년 전에 알았다. 푸단대에 파견 교수로 갔을 때, 그늘진 곳마다 흔하게 피어 있는 보라색 꽃이 궁금해, 그곳 교수에게 물었더니, '차오란'이라고 했다.

난초는 난초인데, 풀처럼 흔해서 그런 이름을 얻었을까? '차오란'이란 이름이 예뻐서, 나는 맥문동이라는 이름을 알게 된 뒤로도 '차오란'이라고 부르기로 했다. 더구나 가을날 이른 아침의 청신한 대기 속에, 보랏빛 단아한 자태로 피어 있는 꽃에게 '맥문동'이라는 무뚝뚝한 이름을 부여할 수는 없는 일이다.

'차오란'은 훌쩍 세월을 거슬러 2006년 가을의 상해로 나를 데려간다. 그 가을의 금목서와 차오란, 이들을 배경으로 쓴 소설 「꽃의 연원」이 있다. 소설의 등장인물들도 마치 실존 인물들처럼 그리워진다.

십 년쯤 뒤에는 아마 지금 이 시절이 '화양연화'의 그리움으로 떠오를지 모른다. 십 년 세월을 거슬러 올라가게 하는 '차오란'처럼, 이 시절을 연상하게 할 사물은 무엇이 될까?

(2018. 9. 11.)

second rabbit: 오늘 "늦캉스"라는 단어를 접했어요. 정말이지 상업주의로 충만한 ugly 하고도 경쾌한 단어라는 생각이 들더군요. 늑대가 캉캉 짖거나 늑대와 캉캉 춤을 추거나 하는 연상을 떠올리게 하는. 물론 여행사가 만들어낸 단어겠지만요. 왠지 저 단어를 접하고 보니 어디론가 이 초가을에 바다에라도 가고 싶은 충동이… ㅋㅋㅋ

hanafeel: 난초. 구사나 초약에 쓰이는 귀한 물건이 혹 차오란일까? 아주 좋은 느낌이에 요.

모옌과 옌롄커

gratia

옌롄커의 『딩씨 마을의 꿈』을 읽으면서, 모옌의 『개구리』가 생각났다. 독서 모임에서 읽은 소설들 중 인상적인 몇 편 안에 들 정도로 좋았던 작품 중 하나였다.

두 소설 모두 중국 정부에서 강제적으로 시행한 사업을 비판적으로 다루고 있다는 점에서 공통점이 있다. 『개구리』가 1960년대부터의 계획생육정책, 즉 산아제한 정책이 빚어낸 비극을 다루고 있다면, 『딩씨 마을의 꿈』은 1990년대 농촌에서 시행되었던 혈장경제, 즉 매혈 장려 정책의 비극을 다루고 있는 것이다.

그런데, 『개구리』는 시대적 배경이 1970년대이기 때문에, 해방이라든가 혁명이라든가 하는 시대정신이 아직 살아 있던 때라고 할 수 있다. 그래서 주인공인 산부인과 의사도, 인륜과 당의 명령 사이에서 갈등하다가, 조국의 미래에 대한 사명감으로 인공중절 수술에

앞장서게 된 것이었다. 그리고 인공중절을 피해 이리저리 도망 다니던 민중들의 모습도 순박하며 유머러스하게 그려졌던 것 같다.

반면, 『딩씨 마을의 꿈』은 자본주의가 이미 인민을 지배하던 1990년내이기 때문에, 낭은 당대로, 민숭은 민중대로 제 잇속을 위해 얼마나 타락할 수 있는가를 보여주며, 이를 신랄히 비판하는 소설이라고 할 수 있다.

『개구리』가 생명의 존엄성을 천명하고 있는 작품이지만, 과거사를 다루었고, 당의 입장에도 나름의 정당성을 부여하고 있는 데 비해, 『딩씨 마을의 꿈』은 철저하게 현실 비판적인 작품이다. 그래서 모옌은 국민 작가로 대우받고 있고, 옌롄커는 판금 작가가 된 것 같다.

(2018. 10. 28.)

복숭아: 다음 달 옌롄커 작가가 전남대 오시기 전에 저도 소설 몇 편 더 읽어야 될 것 같습니다.

무서운 신선 식품

gratia

골다공증 위험 경고를 받은 뒤, 하루에 한 개씩 먹고 있는 치즈가 떨어졌다. 백화점 슈퍼까지 나가기가 번거로워 딸에게 전화를 했다. 딸은 모든 식품을 '마켓 K'라고 하는 데서 해결하고 있었다. 밤 11시까지만 주문을 하면 신선 식품이 다음날 7시 이전에 배달이 된다고 한다. 딸이 광주에 올 때는 손자의 이유식 같은 것이 사람보다 먼저 도착해 있기도 했다.

내가 원하는 치즈가 떨어진 모양이라고, 제가 먹는 치즈라도 보낼까 물어서 그러라고 했다. 일요일에 부탁을 했는데, 월요일에 치즈가 도착했다. 제가 먹어 봐서 맛있었는지 '호끌락칩스'라고 하는 쌀과자도 함께 보냈다.

놀란 것은 도착한 택배 상자 두 개의 성실한 포장과 소량의 내용물이었다. 냉장 포장이 되어 있는 치즈 택배 상자 안에는 조그만

네 개들이 조각치즈 세 종류와 과일 치즈 한 개가 들어 있었고, 제법 부피가 큰 택배 상자에는 잘 마감된 포장재 안에 호끌락칩스 한 봉지가 들어 있었다.

처음에는 딸이 이런 소량의 물품을 보냈다는 데에 놀랐다. 치즈는 그렇다 하더라도 쌀과자 한 봉지를 보내다니… 인터넷에 들어가 가격을 알아봤더니, 2,790원이었다. 2,790원짜리 과자 한 봉지를 택배로 보내다니….

알고 봤더니, 마켓 K라고 하는 데가 신선 식품을 소량 포장 배달하는 것을 마케팅 전략으로 삼고 있었다. 언제라도 배달이 가능하니, 굳이 많은 양을 주문할 필요가 없는 것이었다. 딸은 늘 제가 주문하는 방식으로 내 것도 주문해 주었을 것이다.

이 조그만 물품을 위해, 그 많은 물류비용들을 지불하다니… 그 기업이 살아남을 수 있을까? 그 기업이 살아남는다면, 우리의 환경이 부담해야 할 비용은 얼마나 거대해지는 것일까?

(2018. 11. 22.)

솜사탕: 그러니까요. 어느 홈쇼핑에서는 신선식품 포장에 사용한 아이스팩을 회수해서 재활용한다는 기사를 본 적이 있어요. 뭐 결국 적당한 방법을 고안해 내지 않을까요. 그때까지만 지구도 우리도 버티면 됩니다. ㅎㅎ

우슬초: 이제야 저도 조금씩 철이 드는지… 자꾸 버려지는 종이컵들이 눈에 거슬리더군요.

생선의 이름

솜사탕

어제 완도에서 점심은 남해바다의 물고기를 멸종시킬 기세로 크게 운영하는 생선구이 식당에서 해결했다. 정보의 하향처리로 인한 만족감 과잉일 가능성도 있지만, 역시 섬의 물고기는 향과 식감이 집에서 먹는 고등어와 비교할 바가 아니다. 상에 올라온 다른 물고기는 일반적으로 기대할 수 있는 형태와 맛이었는데 특히 납작한 모양에 지방이 거의 없어 비릿한 향도 없고 등뼈만 추려내면 발라먹기도 좋은 생선 A는 생선을 좋아하는 게으른 자에게 추천할 만하다. A의 이름을 물어보기는 했는데 어쩐지 생선에게는 어울리지 않는 선비의 호 같은 점잖은 명칭이라 그다지 신뢰감이 가지 않았다. 그래서? 잊어버렸다. 어쩌면 가끔 먹었던 생선일 수도 있는데 머리모양이 약간 달라 그냥 '완도 A'라고 일단 분류해뒀다.

그런데 생선의 이름이란 대체 뭘까, 예를 들면 지구인 비전문 외계인이 나를 붙잡아서 지구인 전문 외계인에게 '이 생물의 이름은?'이라고 묻는다면 그 지구인 전문 외계인은 나를 '호모 사피엔스'라고 해야 할까? 혹은 '김땡땡'이라고 해야 할까? 그런데 아무리 지구인 전문 외계인이라고 해도 내가 '크리스티나' 혹은 '푸쉬킨'이 아니고 '김땡땡'인 걸 어찌 알겠는가. 만약 내가 어제 그 식당의 아줌마였다면 A의 이름이 뭐냐고 물었을 때 약간 꾸물거렸을 것 같다. '글쎄요, 이 생물의 동료들이 이 생물을 뭐라고들 불렀는지 알 수 없네요'라는 약간 짜증나는 답변을 할까 말까 고민하느라.

(2018. 10. 20.)

---

second rabbit: 광주 A님의 글 잘 읽었습니다.

gratia: 신선한 바다 음식을 맛볼 수 있는 식사 시간이 그나마 위안이겠네요.

hanafeel: 이름보다도 많이 불린다는 선비의 호를… ㅋㅋ

비밀번호가 비밀이어서 생기는 문제

솜사탕

요리는 어려운데 더 어려운 것은 냉장고 재고 관리이다. 1월부터 음식물 쓰레기에도 요금을 부과한다는 안내문이 나붙은 뒤로 냉동실과 김치실을 정리하는 중이다. 냉동실에는 정체를 알 수 없는 온갖 오브제가 쌓여 있다. 전복죽, 된장국, 김치찌개, 각종 전. 대충 형태가 확인되는 것들은 남겨두고 나머지는 모두 버렸다.

요컨대 엄마 집에 있는 큰 반찬통들을 내 사이즈로 바꿔드리는 편이 나을 것 같다. 시장에서 엄마의 결정장애를 덜어주기 위해 먹고 싶은 반찬을 매우 구체적으로 말씀드린다. 예를 들면 3센티미터 이하 잔멸치와 아몬드 볶음. 문제는 이런 반찬을 큰 통에 넣어주시는 것이다. 아무리 열심히 먹어도 다음 번 반찬이 도착하기 전에 결코 다 먹을 수 없다.

그건 그렇고, 이 추운 날 코트도 안 입고 음식물 쓰레기를 버리러

갔다 온 후 춥고 손 시린 와중에 집에 들어오지 못할 뻔 했다. 내 집 현관 비밀번호를 까맣게 잊어버렸다. 꽤 길었던 것 같은데 네 자리밖에 생각나지 않아서 당황스러웠다. 게다가 자꾸 틀리면 몇 분간 입력이 안 뇌므로 '주관식 찍기'도 어려운 상황이었다. 어여 홍채 인식 도어락이 상용화되어야 한다. 만약 내가 독립운동 하다가 잡혀갔다면, 동료들의 은신처를 죄다 불고 빨리 풀려나고 싶은 마음이 굴뚝같아도 기억이 안 나서 결국 고문 받다가 죽는 것은 아닌가, 하는 상상을 해봤다. 쳇~

(2018. 12. 15.)

뭉게구름: 인트로는 진즉 넘어섰고, 이미 버라이어티한 삶을 살고 계신 듯… 아직 한창인 나이인데…ㅋㅋ

절대적 벨 에포크

솜사탕

영화 한 편을 보고, 엊그제 도착한 김영민의 100일 글쓰기 게시판에 올리면 딱 적당할 산문집에서 몇 편을 읽고 났더니 2019년이 되어 있다. 넷플릭스의 많고 많은 아이템 중에서 굳이 미드 나잇 인 파리를 선택한 특별한 이유 같은 건 없다. 완벽한 타인의 프랑스 버전 '위험한 만찬'을 볼까 하다 '청불' 등급은 마음의 준비가 좀 필요하니 아껴뒀다.

자정이 되면 1920년대 푸조가 달려와 2010년의 헐리우드 시나리오 작가 길을 태우고 피츠제럴드, 헤밍웨이, 피카소가 출몰하는 파리의 어느 카페로 데려간다. 비가 오는 1920년대 파리는, 길에게 '벨 에포크'다. 그리고 그곳에서 만난 1920년대 피카소의 연인 아드리아나에게는 1890년대가, 1890년대를 살던 고갱과 드가에게는 르네상스가, 각각 황금시대였다.

그렇다면 난 '빅뱅' 직전이 벨 에포크라고 말하겠다. 어쩌면 판도라의 상자는 빅뱅이 아니었을까, 빅뱅과 함께 우주는 137억 년째 가속팽창하며 역시 불행과 불운도 빛의 속도로 불어나고 있다. 무한히 작은 점 속에 무한한 질량으로 압축되어 있던 것이 노화와 불행, 불운이 아니라고 누가 확신하겠는가.

내가 다소 회고적 취향이기는 하나, 친구들과 과거 사건을 들추며 놀리거나 가끔 그리워하지만, 좋았었다고 추억하는 편이 아니다. 그냥 그랬었다고 정황을 확인하는 정도랄까. 암튼 개인적으로든, 공동체적으로든 빅뱅 이전이 아니라면 돌아가고 싶은 과거는 없다. 벌써 2018보다 2019가 더 좋아지려고 한다.

(2019. 1. 1.)

hanafeel: 김영민의 『진리, 일리, 무리』 읽고 있는데, 그 김영민이 아닌 김영민의 에세이 집일 것 같네요.

아들, 안경을 쓰다

영유아 건강검진을 그동안 받아오면서 예상은 했다. 언젠가 아들이 안경을 쓸 것을. 그런데 이젠 더 이상 미룰 수 없을 듯하여 찾아간 안과에서는 의사 선생님도 나와 같은 생각이셨는지, 이제는 아들에게 안경을 쓸 것을 권고하셨다. 다만 선천적으로 눈이 나쁜 것인지, 잘못된 습관 때문에 가짜로 눈이 나쁜 것인지는 검사가 필요하다고 했다. 막연하게 후천적이기를 바랐으나, 결과는 아들과 딸 모두 선천적으로 눈이 나쁘단다.

실은 나 또한 초 3때 처음 안경을 썼는데, 어쩌면 더 빨리 써야 했던 것을 모르고 그저 처음 시력검사를 하면서 내가 눈이 나쁘다는 것을 발견한 적이 있었다. 처음 시력검사를 한 날, 담임선생님께서는 깜짝 놀라며, 칠판 글씨가 그동안 보였냐며 걱정하셨다. 그때 나의 시력은 0.6. 그 후 나의 시력은 무려 마이너스 10디옵터까지 떨어졌다가 10년 전 의술의 힘을 받아 광명의 삶을 살아가고 있는 중이다.

그런데 아들의 시력은 0.2란다. 그리고 앞으로도 지속적으로 쭈욱 시력이 감퇴할 것이라고 했다. 6개월에 한 번씩 시력검사를 하고 안경을 새로 맞춰주어야 한다.

사실, 그동안 아들에게 글씨가 잘 보이냐며 수십 차례 이야기를 했지만, 아들은 잘 보인다고 했다. 그런 아들의 말을 들으며, 하긴, 한 번도 잘 보인 적이 없는 아들인지라, 어쩌면 자신이 보인 것이 최상이라고 생각했을지도 모르겠다는 생각을 했다.

아니나 다를까. 아들은 자기가 원하는 안경테를 고심 끝에 고르고, 안경을 처음 쓰고 나서는 깜짝 놀라 한다. 안경집 건너편 간판을 줄줄 읽어나가며, 글씨가 다 보인다고 신나한다. 그런 아들에게 "그동안 눈이 나쁘다는 것을 몰랐지?"라며 놀리듯이 말했는데, 아들은 나에게 뜻밖의 말을 전해주었다.

"안 보인다고 하면, 엄마, 아빠가 슬퍼할까 봐 사실대로 말 못했어요."

몸의 변화와 관련해서는 솔직하게 말해달라고 아들에게 짐짓 엄한 표정을 지어 보였지만, 그래도 그런 아들이 짠하고 기특하여 마지막에는 꼭 안아 주었다.

(2018. 9. 4.)

gratia: 뭐든 솔직히 말하지 않는 것이, 엄마 아빠를 슬프게 하는 일이라는 것을 주지시키세요. ^^

second rabbit: 착한 아들이네요. 오랫동안 그 착함을 간직할 수 있도록 잘 키우셔야겠어요.

뭉게구름: 체계적인 눈 관리가 필요할 듯싶어요. 눈에 좋다는 음식들을 많이 먹어야 하려나요?

20만 원짜리 노니의 효능을 믿기로 하다

우슬초

    드디어 3박 4일의 베트남 여행을 마치고 친정부모님이 돌아오셨다. 친정아버지는 오자마자 나에게 들뜬, 그리고 약간의 으스대는 투로 나를 위해 아주 좋은 노니를 샀다는 말을 전했다. 아차, 싶었다. 친정어머니가 베트남 여행 코스를 카톡으로 보내왔을 때, 세 차례의 쇼핑이 포함된 것을 보고 설마 했다. 한 달 전, 친정어머니가 1kg에 2만 원 정도 하는 노니 환을 산 경험도 있고, 몇 달 전에 내가 베트남 면세점에서 3만 원에 노니 환을 사서 부모님께 드리면서 면세점 가격도 알려드렸으니, 친정어머니가 베트남에서의 노니 시세도 잘 아실 거라 믿었다.

    그런데, 400g에 20만 원이란다. 한국에서 파는 그런 노니와는 다른 아~~~주 좋은 노니라니 믿고 먹어보라는 것이 친정아버지의 말이었다. 여행 전날, 한차례 작은 사건으로 친정아버지에게 온갖 짜증을 낸 적이 있던 나는 친정아버지에게 짜증을 내려는 것을 꾸~욱 아주 꾸욱 참았다. 대신 카톡으로 친정어머니에게 환불 처리 방법을 보냈더니, 친정어머니는 20만 원짜리는 제일 싼 것이라며, 같이 여행 간 사람들은 60만 원짜리 노니를 샀다는 이야기를 들려주었다. 그나마 친정아버지가 딸을 위해 더 좋은 노니를 사고 싶어 했으나, 돈이 없어서 20만 원짜리(?)밖에 사오지 못했다는 것이다. 그리고는 왜 이 노니가 좋은지에 대해 설명을 하신다. 실은 친정어머니에게 환불 방법을 알려주기 위한 카톡을 보내기 전에, 한차례 검색을 통해 다낭에서 한국인 관광객을 상대로 한 노니 사기가 극성이라는 것을 알게 된 나는, 친정어머니가 구구절절하게 설명해주는 20만 원짜리 노니의 효능이 귀에 들어올 리 없다.

그래도⋯ 믿어보기로 했다. 실은 6년 전, 나도 일본 여행에 가서 관절에 좋다는 약을 무려 100만 원(1년 치)에 주고 친정어머니에게 온갖 생색을 내며 선물로 준 경험이 있지 않은가. 다녀와서 물론 후회했지만⋯ 그래도 다행히 친정어머니는 1년 동안 그 약을 먹으며, 그 약 덕분에 더 나빠지지는 않았을 것이라고 믿고 계신다. 그 말은 그 약을 먹고 좋아졌다는 것이 아니라, 그 상태 그대로 유지했다는 의미이기도 하다. 나는 더 좋아질 것을 기대했지만 말이다.

플라시보 효과라도 발휘하기 위해서는 약에 대한 엄청난 믿음이 있어야 하는데⋯ 조금 걱정은 되지만, 20만 원짜리 노니의 효능을 믿기로 했다.

(2018. 9. 8.)

gratia: ㅎㅎ 먹으라고도, 먹지 말라고도 권하기 어렵네요. ^^

뭉게구름: 네^^ 완전 믿으셔야죠!! ㅎㅎ

둘째 아이의 눈물 나는 성공담

우슬초

어젯밤, 5살짜리 둘째 아이가 불현듯 어린이집에서 있었던 일을 떠올리며 흥분하듯 말한다.

"엄마, 나 성공했어요."

성공? 뜬금없이 무슨 성공인가 싶어 아이의 설명을 기다렸다. 그런데 뜻밖에도 아이의 입에서는 다음과 같이 말이 흘러나왔다.

"선생님이 주말 지낸 이야기 안 물어봤어요."

지난 일요일, 예배를 마치고 집으로 돌아오는 길. 화창한 날씨 탓인지 두 아이들이 놀러 가자며 엄청 졸랐다. 나의 경우에는 중국

출장 이후 줄곧 쉬지 못했고, 남편도 눈에 다래끼가 났는지 눈이 피곤하다며 둘 다 지쳐 있던 상황이라서, 놀러가자며 노래를 부르는 두 아이들을 겨우겨우 달래놓고는 집으로 돌아와 버렸다. 그리고 우리 두 부부는 그대로 긴 낮잠을 자며 그렇게 일요일 오후를 보냈다.

그런데, 딸이 지난 일요일에 그렇게 놀러 가자고 노래를 불렀던 이유는 따로 있었던 것이다. 바로 월요일마다 어린이집에서 하는 '주말 지낸 이야기' 나누는 시간에 친구들에게 들려줄 이야깃거리를 만들기 위해서였던 것이다.

사실 주말마다 특별한 일을 하지 않고 그저 마트에 장 보러 가는 게 우리 가족의 주말 일상의 풍경이다. 그러다 보니 둘째는 늘 월요일마다 선생님과 친구들에게 들려주어야 할 주말 지낸 이야기 때마다 마트에 간 이야기만 들려준 모양인데, 하루는 어린이집 선생님이 내게 전화를 걸어와 주말마다 정말 마트만 가는 거냐고 되물은 적이 있었다. 주말에 특별한 일을 해놓고서도 둘째 아이가 마트 간 이야기만 하는 것은 아닌지 의심스러우셨던 모양이다.

그런데 둘째도 나름 그게 스트레스였나 보다. 뭔가 친구들과 선생님에게 특별한 이야기를 들려주고 싶은데, 들려주지 못한 것이 말이다. 그러고 보니, 지난 토요일, 그러니까 학회로 아이들과 함께 토요일을 보내지 못한 그날 밤에, 둘째가 뜬금없이 어린이집에서 이번 여름방학 동안 물놀이하러 가지 않은 사람은 자기밖에 없었다는 이야기를 꺼냈다. 그때는 대수롭지 않게, 내년 여름에는 가자고 말했는데, 나름 둘째는 자기 혼자 방학 동안 특별한 일을 하지 못하여 친구들에게 말하지 못한 것이 마음에 걸렸나 보다.

선생님이 주말 지낸 이야기를 물어보지 않아서 '성공'했다는 5살 딸의 이야기를 듣고 보니, 괜스레 아이들에게 미안해진다.

(2018. 11. 6.)

---

second rabbit: 성공은 둘째가 하고 눈물은 엄마가 난 이야기네요. 착한 아이네요.

hanafeel: 흑…

산수연

second rabbit

오늘 아버지의 산수연을 치렀다. 사실은 부모님 두 분의 팔순이라고 말해야 맞는 말이지만, 일단 행사의 명칭은 그랬다.

즐거운 축하의 자리여야 했지만, 요즘 들어 부쩍 음식을 못 드시고 마르신 터라 과연 참석이나 가능할지 걱정을 했었다. 게다가 혹시 오시더라도 실수를 하시면 어떡하나 하는 걱정이 많았는데 무사히—이런 표현은 '일'을 치르는 자리에 어울리지 않을지 모르지만—잘 끝났다. 정말 오랜만에 보는 얼굴들이 많았는데 나로서는 아버지를 챙기느라 그리고 경황이 없어서 인사도 제대로 못하고 스쳐 지나가고 말았다. 언젠가 다시 만나겠지, 라고 미련을 남겨둘 뿐이다.

무진 청년회가 집에 있는 사진과 그들이 갖고 있던 사진들을 모아서 10여 분 정도의 영상을 만들었는데, 아버지의 반 백 년 세월이 그 안에 담겨 있었다. 아버지는 우리가 걱정했던 것보다는 훨씬 컨디션이 좋아 보였고 많은 사람들을 안아 주셨다. 사실은 만나는 대부분의 사람들을 못 알아보고 계셨겠지만, 아마도 목사로서의 수십 년 내공 덕택에 어색하거나 티가 나지는 않았다. 사람들을 만나는 일을 직업으로 삼는 사람들의—젊었을 때는 내가 참을 수 없을 정도로 싫어했던—장점이자 단점이다.

번잡스럽게 많은 사람을 부르거나 출세한 이들이 한 마디씩 하는 자리를 만들지 말자고 몇 번이나 부탁을 했던 터라 70여 명 정도가 올 것이라고 예상을 했지만 훨씬 더 많은 이들이 자리를 함께 했다. 눈시울이 붉어진 사람들이 한둘이 아니었다. 아버지의 팔순이지만 온 사람들도 오래된 사람들이다. 그들 자신의 삶에서 아버지와 특별한 인연을 쌓았던 사람들. 삶이란 그렇게 서로 얽힌 채로 흘러가는 것이다. 기쁨과 슬픔을 날줄과 씨줄 삼아서 인생이라는 혹은 역사라는 영원한 천을 짜가는 일. 오늘은 그 흐름의 한 단면일 뿐이다.

예식은 가능하면 간단하게 치르자고 여러 번 부탁을 해둔 터라 그저 얼굴을 보고 축하하고 사진 한 장 정도 찍는 시간이었지만 가족인사를 생략할 수는 없어서 내가 인사를 해야 했다. 짤막한 인사말의 대강은 이랬다.

"그거 아십니까. 아버지의 예전 별명은 '핏대'였습니다. 강핏대. 그렇게 그는 항상 투사였고 싸움꾼이었습니다. 세상의 불의에 대해서 핏대를 세웠고, 자신이 인정할 수 없는 일에 대해서 물러서지 않았고, 무시당하고 보이지 않는 사람들을 무대로 끌어들이기 위해 고집스레 목소리를 높였습니다. 저희에게는 곤란하게도, 집에서도 그러셨지만요. 그렇게 그는 평생을 싸움닭처럼 살아 왔습니다.

언젠가부터, 그러니까 공적인 자리에서 모습을 보이기가 어렵게 된 후에, 저는 그렇게 생각을 하게 되었습니다. 아버지는 지금도 싸움을 하고 있는 것이다. 이번에는 시간이라는 대적에 맞서서, 망각에 저항하면서, 여전히 싸움을 걸고 있다. 하지만 이전과는 달리 이번에는 이길 수 없는 마지막 싸움을 싸우고 있다고 생각하게 되었습니다. 얍복강에서의 야곱처럼 말이죠. 그게 그에게, 평생을 싸워온 강핏대에게 어울리는 모습이라고 말입니다. 아마 우리 모두도 그런 싸움을 피할 수 없겠지요.

그 마지막 싸움을 지켜보는 모습이 반드시 아름다울 수는 없을 것임에도, 저희 가족들이 여러분과 함께 하는 이 모임을 만든 것은 아버지가 우리 가족의 한 사람만이 아니었기 때문입니다. 그는 항상 더 넓은 곳에, 무진 교회에, 그리고 이 광주라는 도시에 속한 사람이었습니다. 그러니까 바로 여러분에게 속한 사람이었습니다. 오늘 그의 최고의 날들과 최악의 날들을 함께 보냈고 또 여전히 그 시간을 기억하는 여러분과 함께 할 수 있어서 아버지를 대신해서 감사를 드립니다.

오늘 이 자리를 마련해주신 무진 청년회에게도 감사드립니다. 참석하신 모든 분들을 진심으로 환영합니다. 감사합니다."

(2018. 9. 1.)

우슬초: 얼마 전, 생을 마감하기 전에 자신과 추억을 나눈 사람들과 함께 마지막 시간을 나누는 문화에 대한 글을 읽은 적이 있었습니다. 그러면서 만약 내가 그런 시간을 갖는다면, 나는 누구를 부르고, 누가 나를 위해 자발적으로 먼저 이 모임에 와 줄 것인가 하는 생각을 해보았습니다. 좋은 날, 우울한 댓글을 남겨드렸네요. 그래도 아버님을 위해 많은 사람들이 한자리에 모여주셨다는 것은 분명 큰 축복이기에 부러움의 뜻으로 남긴 거랍니다.^^

gratia: 평생을 불의와 싸우면서 핏대를 올리셨던 분이, 시간과의 싸움에서는 또 얼마나 핏대를 올리셨을까요. 그분의 내면이라 남에게는 보이지는 않았지만… 아버님의 삶도, rabbit 님의 인사말도 감동적이었을 것 같습니다. 그 자리에 모인 사람들에게, 이 글을 읽는 사람들에게도… ^^

뭉게구름: 팔순을 맞으셨군요… 감동적입니다…^^

글 대신 술

second rabbit

어제는 기아가 야구에 졌고 그래서 올해의 야구가 끝났다. 부서진 가슴을 부여잡고 기아와 야구와 나 자신을 위해 글쓰기 대신 술집으로 향했다.

이렇게 쓰고 싶기도 하지만, 이것은 사실이 아니다. 물론 기아는 야구에 졌고 올해는 종쳤다. 내 그럴 줄 알았다. 하지만 내가 카페에 앉아서 글을 쓰는 대신 혼자서 술집에 갔던 것과는 그다지―물론 무의식 속에서 관련이 있을지도 모르지만 그걸 누가 알겠는가―상관이 없다.

이 대목에서 어제 읽었던 책의 한 대목을 인용하고 싶다. 앤 라모트는 『쓰기의 감각』 272쪽에서 "만약 아내가 당신이 집에 못 들어오도록 문을 잠가 버렸다면, 문제는 당신의 문에 있는 게 아니다"라고 쓰고 있다. 하지만 이 문장을 인용한 것은 이 상황에 딱 들어맞게 어울려서라기보다는 그저 인용하고 싶다는 욕망에 무릎을 꿇은 결과라는 점은 이해하시라.

어쨌든 문이 문제는 아니었고 야구도 문제가 아니었다. 단지, 갑자기 힘이 빠졌고, 우울해졌고, 아무 일도 하기 싫었고, 내가 하는 모든 일이 무슨 의미가 있나 하는 감정 상태에 빠져들었을 뿐이다. 온갖 부정적인 감정들의 습격, 혹은 절정, 아니 차라리 어둠의 constellation이라고 해야 할까. 이 constellation이라는 멋진 영어 단어는 흔히 성좌나 성운 혹은 기라성 등으로 번역되지만, '함께'를 뜻하는 con과 별을 뜻하는 stella가 복합되어 만들어진 단어이므로 이런 식으로 써도 된다는 극히 주관적인 확신이 있다. 다만 이 빛나는 단어를 이렇게 부정적이고 어두운 상황에 써도 되는지는 잘 모르겠지만, 뭐 어떤가. 요는 내가 바로 그 어두운 별들의 습격으로 바닥을 뚫고 추락하고 있었다는 것이다.

물론 이런 상황이 처음이라거나 낯선 것은 전혀 아니다. 나만의 감정상태일 리도 없다. 누구나 그럴 때가 있을 것이다. 무언가를 해야 하지만 하기 싫거나 할 수 없을 때, 예를 들어 글을 쓸 수 없을 때, 우리는 자주 이런 어둠의 아우라에 휩싸인다. 그게 내가 어제 카페에 앉아 있다가 가방을 싸서 바로 옆의 술집으로 간 이유다.

진창 마시고도 싶었지만, 차도 있고, 그럴 체력도 안 되므로 그저 김치전과 막걸리 한 병을 시켰다. 가끔은 벽에 걸린 티비 화면에 눈이 가기도 했지만 대부분의 시간은 그저 아무 생각 없이 먹고 마셨다. 다행인지 불행인지—물론 그 술집 주인에게야 확연하겠지만—그 공간에 손님이라고는 나밖에 없었고 시간은 느리지도 빠르지도 않게 흘렀다. 계산을 치르고 술집을 나서면서 보람찬 하루였는지 잠시 의문이 들었지만 아무러면 어떤가 싶었다.

그러고 보니 이 게시판에 내가 쓰는 글 주제 중에 가장 자주 등장하는 것이 '왜 글을 못 쓰는가'일지도 모르겠다는 생각이 든다. 독자를 생각한다면 앞으로는 좀 자제해야 할 텐데.

물론 딱 6명의 독자이지만, 누군가를 따라 이렇게 말해야 한다. 신에게는 아직 6명의 독자가 남아 있습니다.

(2018. 10. 17.)

---

gratia: rabbit 님이 이 문제로 소설을 쓰신다면 솔 벨로 같은 작가가 되겠죠? 재미와 지루함을 함께 선사하는… ㅎㅎㅎ

우슬초: ㅋㅋㅋ 영원한 독자가 되어 드리겠습니다. 그나저나 기아의 팬이지만, 기아가 져 준 것이 저에게는 어찌나 다행인지요. 잠시나마 아들이 야구에서 벗어날 수 있는 기회가 되기를…

읽거나 말거나

second rabbit

역시나 실수였다.

지난번에 비스와바 쉼보르스카의 새로운 서평집을 소설읽기 모임에서 읽으면 좋겠다고 쓴 적이 있지만 막상 책을 받아 들고 나서는 후회했다. 도대체 무슨 정신으로 그런 제안을 했지? 서평집을 읽자고 하다니. 아마도 그때는 출판사의 홍보문구에 홀렸음에 틀림이 없다. 아니 그저 책 제목이 너무 마음에 들어서였다고 우겨 볼까. 일종의 심신미약 상태였다고 말하자니 안타깝게도 당시에 술을 마신 기억이 없다. 그렇게 자주 마시던 건데 왜 그땐 안 마셨는지 모르겠다.

어쨌든 『읽거나 말거나』를 함께 읽자고 한 제안은 철회한다. 이 대목에서 몇 가지 변명을 찾아야 할 텐데.

일단 나는 서평집을 좋아하지 않는다. 책에 대한 책을 읽다니,

그게 무슨 낭비고 호사인가. 이게 내 평소의 생각이다. 책을 다루는 책을 읽느니 왜 바로 그 책을 읽지 않는가 말이다. 결국 서평이란 '이 책은 좋은 책입니다'라고 말하는 글이 아닌가. 그럼 그 좋은 책을 곧바로 읽으면 되지 않는가 말이다. 물론 불가피하게 서평을 읽게 되기는 한다. 좋은 책을 찾으려면 누군가의 도움이 필요하니까. 예를 들어 신문의 서평란을 읽는다거나 하는 일은 어쩔 수 없다. 하지만 그것은 일종의 과정이고 수단에 불과하다. 결국 그 책을 읽어야 한다. 그런 의미에서 '서평을 읽는 일은 가능하면 최소화하고 싶은 귀찮은 작업이다'라고 생각해 왔다.

게다가 쉼보르스카의 이 책은 그런 의미에서 별로 도움이 되지 않는다. 『읽거나 말거나』는 이 폴란드의 시인이 1967년부터 2002년까지 연재한 '비필독도서 칼럼'의 글을 모은 책이다. 비필독도서라니!! 필독도서도 다 읽을 시간이 부족한 판에 비필독도서라니. 세계의 진지한 독자들이여 광분하라! 거기에다 결정적으로 여기에서 쉼보르스카가 소개한 책들은 우리가 접할 수 없는 책들이 대부분이다. 그녀가 고른 137권의 책들 중에서 내가 읽어 본 책은 거의 없다. 아니, 제목을 들어본 책조차 단 4권에 불과했다. 여기에서 정확하게 거명할 수도 있다. 『춘향전』, 에리히 프롬의 『사랑의 기술』, 나관중의 『삼국지』, 그리고 제레드 다이아몬드의 『총, 균, 쇠』. 이것뿐이다. 도대체 왜 우리가 1960년대나 1970년대에 폴란드에서 출판된, 그리고 앞으로도 우리나라에서는 출판될 가능성이 눈곱만큼도 없는 책들에 대한 서평마저 읽어야 한다는 말인가.

서평가 로자 이현우에 따르면 비평과 서평의 차이는 비평은 이미 책을 읽은 사람들을 위한 글인 반면 서평은 아직 책을 읽지 않은 사람들을 위한 글이라고 한다. 그래서 서평은 독자에게 책을 권하는 글이라는 것이다. 이 의견에 전혀 동의하지 않지만 일단 그 생각을 따르자면, 이 책은 좋은 서평집도 아니다. 책을 읽지 않은 독자에게 충실하게 책을 소개하고 그 책을 읽고 싶다는 마음이 들게 하는 글들이 아니기 때문이다. 간단히 말해서 이 책은 저자의 개인적인 독후감 모음집에 불과하다.

그래서 이 책을 산 것을 후회하느냐고? 전혀!! 그렇지 않다.

나는 이 책이 나쁜 책이라고 말한 적이 없다. 단지 독서 모임이라는 일종의 공적 공간에서 읽기에 적당한 책이 아니라고 말한 것뿐이다. 이런 책은 혼자 읽어야 한다.

이 책에서 쉼보르스카는 단순한 독자로서, 아마추어로서, 단순한 애호가로서 책을 읽고 자신의 개인적인 느낌을 자유롭게 펼쳐놓고 있다. 그 매이지 않은 사적인 느낌과 사고를 들여다보는 일은 어떤 독자에게는 매력적인 일이 될 것이다. 물론 앞에서도 말했듯이 장애물이 존재한다. 그녀와 우리 사이의 거리가, 시간과 공간이라는 거리는 정서와 취향의 거리 또한 벌려 놓는다. 때로는 무슨 소리인지 이해하지 못할 수도 있고 또 지루할 수도 있다. 그럼에도 어느 순간 빛나는 사고와 문장 앞에 멈춰서기도 한다. 그런 기다림을 감수할 줄 아는 독자라면 이 책을 읽을 자격이 충분하다.

니체가 그렇게 말했다던가. 독자를 지루하게 만드는 것을 두려워하는 자는 일류의 작가가 아니라고. 물론 시인은 이런 말을 의식하지는 않는다. 그러기에는 그녀는 너무 자유롭다.

　나로서는 춘향이의 발에 대해 주목하는 사람은 처음 보았다. 춘향이의 발이라니!

　어쨌든 줄이자면, 읽거나 말거나.

(2018. 10. 22.)

---

gratia: 늘 놀라워요, 제안 철회, 네 글자를 위해 이런 긴 글을 쓸 수 있는 능력…^^

솜사탕: 헐~ 옌렌커와 존 키츠의 시집에 묶어서 주문했고 내일이면 도착할 텐데요??

내가 영화감독이라면…

뭉게구름

어린 시절 보곤 했지만 지금은 볼 수 없는 어떤 풍경들이 그리워질 때가 있다. 내 기억 속에 강렬하고 선명하게 새겨진 그 풍경들을 어떻게 다시 재현해 볼 수 없을까 싶어질 때는 '내가 영화감독이라면…' 하는 공상을 하게 된다.

내가 다시 보고 싶은 풍경은 세 가지다.

하나는 고기잡이 나갔던 배가 만선을 했을 때 동네가 보이는 앞바다쯤 오면 벌이는 퍼포먼스다. 배에 있는 모든 깃발들을 꺼내 국기 게양하듯 달아매고, 그것들을 휘날리며 요란스럽게 들어온다. 온갖 소음을 내는 도구들을 꺼내 징징거리며 시끄럽게 하는 한편 뱃사람들은 고래고래 소리 지른다. 동네 앞바다를 몇 바퀴쯤 돌아주는 것은 기본이다. 자신들의 신명남을 뻐기듯이 그렇게 알리면, 마을 사람들은 달려서 선착장으로 구경을 갔는데 생선 몇 마리를 인심으로 얻어오곤 했다. 물론, 자주 볼 수 있는 일은 아니었고 나는 겨우 두어 번 본 기억이 있다.

두 번째는 꽁치잡이 풍경이다. 꽁치 떼를 쫓는 배들은 매우 빨랐는데, 배 앞쪽에 작은 자갈들을 잔뜩 싣고 선원들은 쾌속 질주하는 배 위에서 연속해서 돌팔매질을 한다. 꽁치잡이는 늘 배 두세 척이 함께 했다. 돌팔매질과 함께 꽁치를 어느 구역으로 몰아가면 그때 다른 배와 그물을 빙 둘러쳐서 잡는 방식이었다. 꽁치가 수면 가까이에서 튀듯이 떼를 이루어 다녔기 때문에 가능한 방식이었을 것이다. 지금은 아마 해수 온도 변화 때문에 생태 변화가 생겨 꽁치 떼를 흑산도에서 볼 수 없기 때문에 꽁치 잡이 풍경을 재현하기는 어려울 것이다.

마지막 세 번째는 멸치잡이 풍경이다. 흑산도에서 조기 파시가 있었던 것도 멸치가 많아서였을 것이다. 흑산도에서 잡힌 조기는 법성으로 팔려가 그곳에서 건조되었다. 내가 어렸을 때, 집집마다 멸치 그물이 바다에 펼쳐져 있었고 멸치를 찌고 건조하는 멸막이라고 부르는 시설물도 있었다. 아, 그때 갑오징어를 멸치 찌는 화력 좋던 버너 위에 익혀 먹통째 잘라먹어 입 주변이 시커멓게 되곤 했던 기억이…! 하지만, 내가 재현하고 싶은 풍경은 이것이 아니다. 한여름 밤, 동네 앞 해협에서 이뤄지던 멸치잡이 풍경이다. 지금이야 오징어 배가 몇 척 떠 있으면 낮보다 더 밝은 밤이 되지만, 그건 뒷날 이야기일 뿐이다. 그 시절에는 횃불을 썼다. 배 두 척이 나란히 서서 그물을 펼치고 횃불을 켜고서 멸치떼를 쫓아가는 것이다. 흑산도 온 동네에서 나온 배들이 동네 앞 해협에 횃불을 밝히고 부지런히 오고 가기를 반복했다. 기계소리와 사람들 소리가 섞인 더운 여름밤, 평소에 적막하기 그지없는 밤바다 위에서 불덩어리들이 둥둥 떠다니듯 다니던 그 풍경을 뭐라고 말해야 할지 모르겠다.

(2018. 10. 12.)

---

gratia: 글로 써도 얼마든지 풍경의 재현이 가능하답니다. ^^

우슬초: 이미 글로도 그런 풍경이 그려지는 걸요. ^^

글쓰기의 험난함에 대하여

뭉게구름

　오전에 독서모임이 있었고, 무언가에 대해 설명하던 중에 나는 "맞아, 오늘은 이 내용을 글쓰기의 소재로 해야겠다"는 발설을 했다. 갑자기 여유가 생기는 기분이었다. 독서모임 후, 집으로 가서 밥을 먹고 출근해서부터는 주문받은 것과 갈매에서 사용할 커피를 볶았다. 로스터기를 끄고 볶은 커피를 주문받은 대로 분류하고 포장까지 해 놓으니 더욱 여유가 생기는 기분이었다. 그런데, 갑자기 원두 2킬로그램을 주문하는 전화가 왔다. 아직은 여유가 있었으므로, 그리고 내일은 다른 일정들이 있으므로 다시 로스터기를 예열하고 커피를 볶았다. 내일 있을 독서모임을 위한 독서도 거의 한 상태고, 글감도 있으니 여전히 여유가 있었다. 그리고 손님 몇 팀이 있었고, 이제 모든 준비가 완료된 후라 오늘은 일찍 글쓰기를 해야겠다며(밤 10시 30분경) 컴퓨터 앞에 앉으니 커피 선생님이 오셨다. 아, 이분은 대개는 내가 뭘 하던 상관없이 내 옆에 꼭 붙어서 하고 싶은 이야기를 다 하시는 분이다. 물론 글쓰기 할 시간은 늦어지겠지만 사실 그래도 글감이 있었다는 기억을 내가 가지고 있으니 한결 편하게 대하며 이야기를 나누었다. (다시 한번) 물론, 12시 반이 넘어서야 내 눈총을 못 이기고 귀가하셨지만. 그런데, 그 와중에 내가 무엇을 소재로 글을 쓰고자 했던 것인지 기억이 나지 않았다. 사실은, 머릿속에서 다듬어 볼까 싶어 커피를 볶던 때부터 떠올려 보고자 했지만 기억나지 않았다. 하지만, '급하면 나온다'를 철썩 같이 믿으며 글을 쓸려고 하면 떠오를 것이라 생각했다. 그런데 아닌 것이다. 마침 10시 30분경에 독서모임 단톡방에 독서모임 관련 공지가 떴던 터라, "오늘 이야기 하던 중에 제가 글쓰기 소재로 삼겠다 한 내용이 뭐였는지 기억이 안 나네요. 건져 주세요" 라고 올렸다. 그 이후, 구성원들이 '시 읽어 주셨는데…, 샘 건져 드리고 싶은데 기억이 ㅠㅠ…, 어쩔 수 없네요, 샘 힘으로 올라와야겠어요, 교양과 상투성 이런 말을 연관지어 보세요, 꿈속에서 생각해 볼게요 ㅠㅠ, 주여 기도하소서… 샘에게 기도하소서… 샘이 가까이 있습니다…ㅋ(음, 이건 파울 첼란의 시 "흑암"을 낭송해 줬기에 나온 말이다), 혹 사피엔스의 험담?, ㅋ 뒷담화, 감각적 쾌락에서, 친밀감과 신뢰감 유지 그대의 영혼을 돌보라' 와 같은 이야기들이 답으로 올라왔다. 더 헷갈리게만 만들어서 모두에게 F 학점을 줬다. 그리고 다른 것 쓰겠다며 관두자고 했다. 그러고도 떠오르지 않아, 여기 이렇게 그 과정을 써본다.

(2018. 10. 18.)

글쓰기의 험난함에 대하여   205

우슬초: 공감되는 글입니다. 바쁘게 일상을 보내다가 '탁' 하고 글감을 발견할 때의 그
통쾌함, 시원함이란…

gratia: 제자들이 선생님의 글쓰기에 관심이 없군요. '글쓰기 소재로 해야겠다'고 발설을
했음에도 기억을 못해주다니… ^^

'꼬분'은 '꽃은'의 오타입니다

뭉게구름

진원에 사시는 교장 선생님 사모님이 집 마당에 가득 피어 있는 국화꽃 한줌을 잘라 보내셨기로, 대충 물병에 꽂아 놓았는데 진한 국화 향기가 갈매 안에 가득했다. 며칠 후, 커피를 마시러 들렀다가 이렇게 멋지게 꽂아 놓았냐고 좋아 하시더니 그날 저녁 무렵에 더 많은 국화꽃을 꺾어 보내 주셨다. 이번에는 고마운 마음에 사진을 찍어 카톡으로 보내드렸다. 이후 "혹시나 꽃꽂이 사범 쯤 되신 거 아닙니까? 꽃꼬분 솜씨가 보통은 아니십니다" 한 후, "꼬분은 꽃은의 오타입니다"하는 톡이 잇따라 올라왔다. 나는 꽃꽂이 사범 쯤 되는 거 아니냐는 이야기에는 무척이나 흐뭇한 심정이었고, '꼬분은 꽃은의 오타'라는 말에서 실실대며 웃기를 반복했다. 스마트폰의 자판에서 정확한 자음이나 모음을 치기에는 나이든 손은 섬세하지 못하고, 눈은 어둡다. 그러니 나 역시도 오타를 일삼는 편인데

하물며 연세 드신 분들의 오타를 허물 삼기야 하겠는가. 하지만 초등학교 교사로 오랫동안 일하다가 교장으로 정년하신 꼬장꼬장한, 특히 맞춤법에 엄격하셨을 선생님의 사모님다운 반응이라 할 만하지 않는가 싶어져 웃음이 그치지 않았다. 언젠가 김춘수 시인이 인터뷰에서 '시인이 시답게 살지 않으면 그가 시를 쓴다는 것이, 시인이라는 것이 무슨 의미가 있겠는가'라는 요지의 말씀을 했던 것을 기억한다. 당신 자신부터, 그리고 그 가족들부터 바른 글쓰기, 바른 말 사용하기를 실천하며 가르치시는 선생님들의 수고를 생각해 본다.

(2018. 12. 6.)

아이돌의 힘

복숭아

책읽기의 계획을 짜고 Kindle에서 볼 책을 다운로드하려고 하는데 가끔 지금처럼 뭣을 읽어야 될지 모를 때가 있다. 그래서 또 내가 좋아하는 아이돌의 공식 사이트를 보고 그가 추천한 책을 다운로드하였다.

내가 좋아하는 아이돌은 젊은 사람이 아니고 40대의 가수이다. 가수지만 그의 노래는 항상 어떤 이야기를 서술하는 것처럼 사람에게 감동을 준다. 그리고 중국 명문 대학인 청화대학교의 졸업생으로서, 이 가수가 보여준 자신감과 지혜, 유머 감각, 품격에 그를 좋아할 수밖에 없다. 이 아이돌을 좋아한 지 이미 15년이 넘었다. 수능시험과 대학원 시험 때 그의 노래 덕분에 내 마음을 진정시키고 힘을 얻어 가장 힘들었던 시간을 보냈다. 아이돌이 공식 사이트를 만든 후에 그곳에서 자기가 읽었던 좋은 책이나 보았던 영화를 추천해서 내가 가끔 읽어야 할 책에 대하여 고민할 때 그가 추천한 책을 읽는다.

실은 나뿐만이 아니고 내 친구도 좋아하는 아이돌한테 큰 힘을 받은 적이 있었다. 친구가 원래 중국에서 대학교에 다니고 정치학을 전공했는데 대학교 3학년 때부터 한국의 배우 김현중을 좋아해서 4학년 때부터 일 년 동안 스스로 한국어를 배워서 한국 유학을 왔다. 지금 박사 과정을 다 마치고 내년에 박사 졸업할 예정이다. 비록 몇 년 전에 김현중의 스캔들이 있었지만 친구가 김현중 때문에 새로운 언어를 배우고 한국 유학까지 온 것을 보면 아이돌한테 큰 영향을 받은 것은 사실이다. 친구는 김현중의 스캔들 이후에도 김현중을 좋아했다거나 한국에 온 것은 전혀 후회하지 않는다고 말했다. 처음에 한국에 온 이유는 김현중 때문이었지만 여기 와서 6년 넘게 살아보니까 한국에 유학 온 것이 옳은 결정이었다는 것이다. 한국 유학을 안 왔으면 자기의 인생은 완전히 달라졌을 거라고 했다.

요즘 사람들은 젊은 애들이, 특히 중·고등학교의 학생들이 아이돌을 좋아하는 것에 대하여 편견을 가지고 있지만 실은 좋은 아이돌한테 배울 수 있는 것도 많다고 생각한다.

(2018. 9. 3.)

gratia: 이미지 관리인지는 몰라도 요즘은 좋은 취향을 가진 아이돌들이 많더군요. 팬들에
게 긍정적인 영향을 미치겠지요… ^^

솜사탕: 아… 내 아이돌은 로버트 레드포드였었어요.

뭉게구름: 그런데, 복숭아님의 그 아이돌이 누구라는 거죠?
　　↳ **복숭아**: 가수 이건(李健)인데 그렇게 유명한 사람이 아니라서 모르실 수도 있어
　　요~ ㅎㅎ

우슬초: 저도 한때 홍콩 4대 천황에 푹 빠져 지냈던 적이 있었죠… 특히 여명에^^;;

가장 친한 사람

복숭아

　내일이 외삼촌 생신이라서 저녁에 엄마가 미리 선물을 준비해서 외삼촌 집에 함께 가려고 한다. 외삼촌이 차를 좋아하셔서 엄마는 특별히 차를 준비하셨다. 그런데 두 가지 차를 준비하셨다. 아빠도 올해부터 차를 드시기 시작했으니까.

　원래 엄마가 외삼촌께 좀 비싼 걸 드리려고 했는데 출발하시기 전에 먼저 아빠한테 어느 것이 좋은지 물어보셨다. 아빠는 외삼촌께 드리려고 한 것이 좋다고 하셨다. 실은 차의 가격은 아빠가 잘 모르시고 다만 교육청에서 같은 차를 드신 적이 있어서 괜찮다고 생각하고 그것을 드시려는 것일 뿐이다. 엄마는 아빠의 말을 듣고 원래 이미 다 준비하셨는데 다른 차로 바꿔서 외삼촌께 드리기로 하셨다. 그때 엄마랑 영상통화하고 있는 내가 "외삼촌께 드리려는 것 아니야? 귀찮은데 엄마 그냥 외삼촌께 드려. 자기의 친오빠인데 뭐가 아까워?"라고 농담하였다. 엄마는 뜻밖의 대답을 하셨다. "아빠가 이것 좋아한다고. 당연히 아빠에게 줘야지. 나에게는 아빠가 가장 친한 사람이야. 당연히 모든 좋은 것은 아빠를 우선적으로 생각해야지."

실은 엄마의 말씀을 듣고 좀 충격을 받았다. 엄마는 항상 우리 오빠와 나에게 남매 둘이밖에 없어서 꼭 서로 사랑하고 도와주고 나중에 결혼해도 잘 사는 사람은 다른 쪽에 여러 방면에서 도와주어야 한다고 교육하셨다. 그래서 나에게 가장 친한 사람은 부모님이 절대 1위이고 그 다음이 오빠이다. 우리 남매도 엄마의 말씀대로 아주 친하게 지내고 있다. 그런데 결혼생활을 32년 하신 엄마에게 이제 친오빠보다 친한 사람이 남편이 되었다. 24년 동안 오빠와 같이 살고 32년 동안 남편과 같이 사신 엄마의 심리 변화를 이해할 수 있다. 나중에 우리 오빠와 나도 다 결혼한 후에 엄마처럼 변할까? 아마 변하겠지… 결혼하기 전에 오빠에게 더 잘해주어야겠다….

(2018. 10. 31.)

---

gratia: 엄마가 이성적인 분이시네요. 대부분의 엄마들은 아빠보다는 자식들을 더 챙기는데, 자식-남편-부모-형제… 보통은 이런 순위일 텐데요. ^^
  ↳ 복숭아: 우리 엄마에게 우리 아빠는 절대 1위입니다~ ㅎㅎ

hanafeel: 친정오빠가 남편보다 더 가까워요. 그러니까 남편은 억지로 챙기는 거죠. 호호

뭉게구름: 음… 복숭아 님이 엄마 말씀을 이해하실 수 있다니 다행입니다…ㅎㅎ

길

복숭아

어떤 노래를 좋아하는 이유는 노래 가사나 멜로디 때문일 것이다. 내가 가수 GOD의 이 노래를 좋아하는 이유는 바로 가사 때문이다.

사람들은 길이 다 정해져 있는지
아니면 자기가 자신의 길을 만들어 가는지
알 수 없지만

나의 경우는 부모님이 정해주신 길을 안 가고 나의 길을 만들어 가고 있다. 학부 3학년부터 부모님이 졸업하기 전에 꼭 교사자격증 시험을 합격하고 자격증을 취득하면 졸업한 후에 중학교나 고등학교에 가서 교사 일을 할 수 있다고 하셨다. 그게 부모님이 나를 위해 정해주신 길이다. 내가 원하는 것은 아니지만 솔직히 그렇게 나쁘지 않은 길이다. 그때 하고 싶은 일을 따로 있었지만 부모님을 걱정하고 실망시키지 않기 위해서 3학년 때 자격증을 얻었다. 부모님은 자격증을 딴 내가 졸업한 후에 고향에 가서 교육청에 일하시는 아빠 밑에서 교사 생활을 하겠다고 믿었지만 나는 4학년 때부터 누구한테도 얘기 안 하고 대학원 시험을 준비하였다. 시험 결과가 나온 4학년 하반기에 부모님께 내가 고향 안 들어가고 대학원 공부 계속하겠다고 말씀드렸다. 부모님은 놀라셨지만, 원하는 대로 하고 마음이 바뀌면 교사자격증이 있으니 언제든지 고향에 돌아와서 교사가 될 수 있다고 하셨다. 물론 나는 그런 생각이 전혀 없다. 석사 마지막 학기에 부모님이 또 나의 진로를 정해주셨다. 졸업한 후에 고향의 교육청에서 일할 수 있다고 하셨는데 나는 또 부모님 몰래 유학을 신청하였다. 결국은 또 나의 생각대로 한국에 와서 박사과정을 하였다.

나는 왜 이 길에 서있나
이게 정말 나의 길인가
이 길의 끝에서 내 꿈은 이뤄질까

그동안 부모님이 정해주신 길을 안 가고 내가 원하는 것대로 해왔는데 이게 정말 나의 길인지 자신 있게 말할 수 없다. 사람들에게 길을 정하는 것은 원래 쉬운 일이 아니기 때문이다. 그런데 후회할 일이 절대 아니라는 것은 분명하다.

그래서

그렇게 믿고 돌아보지 않고

후회도 하지 않고 걷고 싶다.

(2018. 11. 2.)

---

gratia: god가 복숭아 님의 마음을 어쩌면 그렇게 절묘하게 표현했을까요? ㅎㅎㅎ
 ↳ **복숭아**: 노래의 가사는 딱 요즘 저의 심경입니다~

뭉게구름: ㅎㅎ… 대단한 '샤오진'!!

hanafeel: 전 자식들에게 무어라 말이 안 나오는데.

틀

hanafeel

아시아문화전당 시민오케스트라의 퍼스트 바이올린 파트를 지도하는 권 선생님에게 개인 레슨을 받은 지 일 년이 되었다.

이전 레슨과 달리, 연습곡 진도는 나가지 않고 일정하고 고른 소리를 내는 데 집중하고 있다. 양 손가락에만 집중하고 몸 전체는 릴렉스 자세를 잡기 위한 일정이었다. 연습과 고민이 이어지는 일 년이 지나고도 나는 그곳에 도달하지 못했다.

레슨 첫날쯤 그린 그림을 일 년 만에 다시 보게 됐다. 양 팔꿈치 밸런스 맞추기, 거울 보기, 릴렉스라고 써주신 선생님의 글씨도 다시 보게 되었다.

그래서 치과에 걸려 있는 가로 거울을 떼어다 연습실에 두고 바이올린을 든 내 모습을 보며 처음으로 난 창피한 마음을 감출 수 없었다. 더불어 양 팔꿈치를 떨어뜨리지 않는 도도한 폼으로 어깨를 양손에 내려놓는 모양만 하면 바이올린의 현을 울리는 소리가 나는 것을 알게 되었다.

틀만 잡으면 저절로 되어지는 것을 알게 된 것이다. 매번 절망할 때마다 감정에 매몰되지 않은 척, 무엇이든 단호하게 행동하는 모양을 먼저 취하면 '현자'가 저절로 되는 것이다.

물론 이제야 성공한 사람은 되지 않겠지만.

토막 닭을 헹궈 감자를 통으로 넣고, 난 30분을 약불로 익혀내는 여유로운 사람이다.

(2018. 9. 3.)

---

second rabbit: 멋지네요. 이 공간이 훨씬 풍요해지겠어요. ㅎㅎ

gratia: 바이올린도 하고, 그림도 그리시는 거예요? 인재가 영입됐네요…^^

우슬초: 오우… 멋지십니다.^^ 바이올린 연주는 못 들어봤지만, 보면 볼수록 끌리는 그림 솜씨시네요.^^

솜사탕: 정말 그림이 멋집니다.

포플레이

hanafeel

복잡한 일이 있으면, 아니 그냥 식구들을 떠나 자기 집에서 쉬고 가라 하던 친구가 있었다.

어제 포플레이에 가서 섬진강이 굽이 보이는 찻집으로 은퇴하고 싶으시다는 말을 사장님께 듣고 있자니, 내 섭섭함을 헤아려 보게 됐다. 해금처럼 생긴 그리스 리라의 명치 밑을 후벼 파는 실황을 보고. 바흐와 쇼팽 그 이전의 피타고라스학파 12음계의 물리적 우수성, 조별에 그리스 동네 이름이 붙게 된 이야기를 들었다. 막막함으로 집을 나설 때 갔던 곳이고, 근사하게 보여야 할 사람을 데려간 곳이었다. 돌이켜보면 형편이 나아질 때마다 자랑 삼아 찾아가서는 더 많은 문화 이야기를 들을 수 있었던 곳이기도 했다. 분명 친구가 아닌데, 만나면 용기와 의욕이 생기는 곳, 사람의 환대를 받을 수 있는 술집, 포플레이.

오늘도 새벽 3시가 넘자 잠을 깨, 오랜만에 저녁에 오기로 한 손님들과의 한 끼 밥을 준비하였다. 바지락은 데쳐서 무치기 전에 까면서 내 한입에 털어 넣고는 육개장과 미역줄기 볶음을 했다. 표고버섯과 다시마를 끓는 물에 한두 시간 불려 그 물을 육수로 쓴다. 고기를 마늘과 참기름으로 볶다가 파를 끔찍하게 썰어 넣고 추석 고사리나물과 숙주나물을 넣고 고추기름 두 방울로 매운 맛을 낸 희뿌연 육개장을 끓였다. 환대할 수 있을 때가 살아갈 힘이 좋을 때구나. 포플레이 사장은 섬진강가 찻집에 가지고 갈 음반과 이야기가 있고 나에게는 멋지게 보이고 싶은 사람이 있다.

(2018. 10. 6.)

---

gratia: 아하, 명절 나물로 육개장도 끓일 수 있겠네요… 그런데 파 썰기가 끔찍하셨나 봐요. ㅎㅎ
　　↳ **뭉게구름**: ㅋㅋ… 큼직한 것이 끔찍할 수도 있는 것 아닐까요? 그건 그렇고 포플레이 사장님의 꿈이 이뤄지길 바래야 하나요?

second rabbit: 저도 포플레이는 가끔 갑니다. 좁지만 자유롭다는 느낌이 있어서겠죠. 그리고 저번에 댓글에서 인용한 김영민 교수는 철학자 김영민과는 다른 사람이죠?
　　↳ hanafeel: 네, 정치외교학과.

알묘조장(揠苗助長)

hanafeel

　21세기 치과계가 예방에 참여할 수 있을지 심히 우려되는 상황입니다. 시민사회는 물론이고 치과계 스스로도 예방 관리(사람)가 아닌 임플란트 보철(돈)의 문제로 치과를 인식하고 대하는 경향이 심화되는 상황입니다. 예방치과계조차도 각종 진단기기와 그와 연계된 예방 술식에 의한 수익 창출에 힘쓰는 중이니 희망이 있는 건가 싶기도 하고요⋯. (예방치과 J교수) 남의 논에 잘 자라는 벼를 보고 송나라 사람이 자기 논에 묘를 뽑아 키를 맞추듯, 우리나라에서는 세계에서 유례없이 이를 뽑고 의료보험, 사보험이 적용되는 임플란트가 일반화되어 있다. 연예인들의 가지런하고 딱뽁 차 보이는 하얀 치아를 보고 치아미백과 치아교정을 한다. 치과가 시장바닥이 되었다.

　충치는 일단 기다리고 지켜보아야 한다. 잇몸 질환은 흔들려 빠질 때까지 잘 닦아주어야 한다. 빼지도 깎지도 자르지도 않는 치료와 예방 관리는 치과 시장에서는 없는 물건이 됐다. 전문가, 고객 누구도 기다리지 않는다. 알묘조장의 치과 시장에 개입된 사람들이 조급한 마음에 무리하게 일을 진행하다가 오히려 일을 망치는 것이다.

한두 달 여행 간다 했던 아들들이 벌써 귀국을 했다. 대학도 안 다니겠다는 아들들을 보며 나는 취직도 결혼도 모두 남의 논의 잘 자란 벼를 보듯 하고 있다.

(2018. 11. 2.)

뭉게구름: 시장에 역행하는 고민을 안고 사시니, 힘 많이 내셔야겠어요…!! ^^

gratia: 노인분들이 잇몸이 약해 임플란트 시술을 힘들어 하는 것을 보고, 조금이라도 젊었을 때 해야 하나 생각했습니다. 버틸 때까지 버티라고요? ^^
 ↳ hanafeel: 2080이라고 80세 때 20개 치아가 맞는 것 같아요. 젊을 때는 28개거든요.

〈시즌 5〉

2019. 3. 1. ~ 2019. 6. 8.

남편 사용 설명서

gratia

달래무침은 남편과 내가 모두 좋아하는 봄나물이다. 다만 다듬기와 씻기가 매우 번거로워 이 음식을 마련하기까지는 세심한 과정이 요구된다.

1. 생협 매장에 달래가 나왔다는 소식을 남편에게 전한다.
2. 남편의 동정심을 유발한다. (먹고는 싶은데, 다듬기가 어려워서 못 사오겠다니까… 하면서 말끝을 흐린다.)
3. 남편의 약속을 확보한다. (내가 다듬을 테니 사와… 라는 말을 듣게 마련이다.)
4. 남편의 약속을 확인한다. (세척된 게 없으면 안 사는 게 낫겠지? 하고 물으면 달래를 먹고 싶은 욕심에 세척되지 않은 달래라도 사오라고 한다.)

5. 달래를 사와 냉장고에 넣으면서 남편의 주의를 환기한다.

6. 남편이 달래를 찾을 때까지 일정 기간 기다린다. (달래를 다듬어 달라고 먼저 요구하면, 짜증스러운 반응을 보이기 쉽다. 남편이 달래를 잊어버리고 있으면 다음 단계로 넘어간다.)

7. 달래가 오래되어 버리게 될지 모르겠다는 암시를 준다. (음식을 버리는 것을 질색하는 남편은 대뜸 다듬겠다고 한다.)

8. 달래 두 봉지가 너무 많아 다듬기 힘들 테니 한 봉지만 다듬으라고 한다. (남편은 하지 말라고 하면 하는 성격이 있다. 두 봉지 다 다듬겠다고 한다.)

9. 남편이 혼자서 일하고 있다는 생각이 들지 않도록, 나도 옆에서 뭔가 일을 한다. (오늘은 숙주나물을 만들었다.)

　까다롭고 주의 사항이 많은 공정 끝에 맛이 좋고 영양 많은 달래무침이 만들어졌다.*

(2019. 3. 25.)

---

muse: 하하하, 저도 달래를 좋아합니다.

우슬초: 저도 그 사용설명서를 도용해야겠습니다.

---

* 장정일의 시 「햄버거에 대한 명상」 마지막 구절의 패러디.

주인공

gratia

어제 미사에서 강론의 주제는 루카복음의 '돌아온 탕자'였다. 강론 도중에 신부님은 "이 이야기에서 주인공은 누구라고 생각하세요?"라고 신자들에게 물었다. 지난번 강론에서도 '주인공'을 거론하더니… 물론 그때도 내 생각과는 맞지 않았다. 내 머릿속의 답변이 종교적 정답과 부합하는 경우는 별로 없다.

이 이야기에서 주요 등장인물은 아버지, 큰아들, 작은아들이다. 소설에서는 보통 성격이 변하는 인물이 주인공이니, 아버지에게 재산을 분배받아 탕진하고, 밑바닥 생활을 전전하다 후회하고 돌아온 작은아들이 주인공인가?

"여러분이 가장 공감하고 있는 인물은 누구인가요? 작은아들?"

그러나 그동안 내가 이 이야기에서 가장 공감을 느꼈던 인물은 큰아들이었다. 아버지는 그동안 자신의 밑에서 종처럼 일한 큰아들의 행동은 당연하게 여기고, 방탕한 생활 끝에 재산을 탕진하고 온 작은아들은 살진 송아지를 잡아 환대하지 않는가. 제게는 아버지가 염소 한 마리 주신 적이 있으십니까 하는 말의 분노를 충분히 이해할 수 있을 것 같았다.

그런데, 오늘 미사 시간에 성경을 꼼꼼히 읽어 보니, 작은아들이 자신의 몫을 요구했을 때, 큰아들도 가산을 나누어 받은 것이었다. 그렇다면, 큰아들의 분노는 주제넘은 것이라고 할 수 있지 않을까? 그동안 아버지의 좋은 경제 환경 속에 살면서 아버지의 재산뿐만 아니라, 자신의 재산도 함께 관리하고 불려왔을 것 아닌가. 아버지가 아버지 몫의 재산으로 동생을 환대하는데, 자기가 왜 화를 낸다는 말인가? 물론 소설 속에서 독자가 공감을 느끼는 인물이 반드시 주인공이 되는 것은 아니다.

신부님의 결론은 아버지가 주인공이라는 것이었다. 작은아들은 진심으로 회개한 것인가? 큰아들은 과연 아버지 말을 듣고 잔칫상에 앉았을까? 라는 질문들이 그들이 주인공이 아니라는 근거였다. 얼른 납득이 되지 않은 해명이었다.

곤궁에 못 견뎌 정신을 차린 작은아들이나, 자신을 종처럼 일한다고 생각하는 큰아들보다는, 돌아온 탕아를 기뻐하며 맞아주는 아버지, 큰아들의 다친 마음을 어루만지기 위해 잔치 자리 밖으로 나온 아버지가 이 이야기의 주인공이라는 것은 직관적으로 알겠는데, 왜 그가 주인공이 될 수 있을까에 대해 논리적으로 해명이 되지 않다가 문득 답을 얻었다.

소설의 주제를 표현하는 가장 중요한 방법은 '인물의 성격 변화'와 '극적인 플롯'이다. 그런데 어떤 경우에는 인물의 성격을 철저히 부각함으로써 주제를 드러낼 수 있는 것이다. 서영은의 「먼 그대」와 같은 작품이 그러하다. 주인공 '문자'는 부도덕하고 이기적인 유부남에게 끊임없이 상처를 받으면서도 변함없는 순정을 바친다. 그녀는 그를 더욱 사랑함으로써 이런 운명을 마련해 놓은 신에게도 멋지게 복수할 거라고 생각하는 것이다. 주인공에게 주어지는 어떠한 고통에도 변하지 않는 성격의 일관성이 이 소설의 주제, '절대긍정의 자신감과 정신적인 충일감'을 부각시키는 것이다.

그러니까 '돌아온 탕자'의 주인공은 아버지가 맞다. 아버지에게 주어진 어떠한 시련—작은아들의 당돌한 재산 분배 요구, 아들의 떠남, 아들의 방탕한 생활, 파산, 큰아들의 반항—에도 관대함을 잃지 않는 성격을 유지함으로써 '용서하시는 하느님, 자애로우신 하느님'이라는 주제를 드러내고 있으니까.

(2019. 3. 31.)

우슬초: 저도 요즘 설교를 들으면서 이를 문학 작품에 대입해 보고는 한답니다.

muse: 용서하시는 하느님이라… 이청준의 「벌레 이야기」가… ^^

hanafeel: 돌아온 탕자의 주인공 아버지, 공감이 갑니다.

제4인간형: 이게 타당한 해석 같습니다. 더불어 오랫동안 의구심을 가지고 있었던 「먼 그대」까지 이해하는 계기가 되었습니다.^^

어른 노릇

gratia

숙대 동문들이 총학생회의 '김순례 규탄 성명' 철회에 유감을 표하면서, '숙대 동문은 김순례 의원의 발언을 규탄한다'는 제목의 연서명을 시작했다고 한다.

"요즘 '비정치적'인 것이 마치 '객관적이고 균형잡힌 것'처럼 인식된다면서 사회 문제에 대해 침묵한 채 그저 지켜보는 것이 '비정치적'이고 '객관적'이고 '중립'을 지키는 것인가를 묻고, "이 혐오의 시대에 우리는 기계적인 중립과 평등이 얼마나 부정한 것"인지를 느끼고 있다는 내용은, 2014년 방한 시에 중립을 지키기 위해 노란 리본을 떼라는 누군가의 말에 "인간적 고통 앞에서 중립은 없다"고 했던 프란치스코 교황의 발언을 떠올리게 했다.

대체 숙대 총학생회는 왜 '김순례 규탄 성명'을 철회한 것일까 궁금해서, 그 전 기사를 찾아봤더니 숙명여대의 대외적 명예 실추,

여성에 대한 도덕적 검열이자 여성 네트워크 저해 등을 이유로 615 명의 재학생이 연서명을 한 메일이 학생회에 전달되어 논의 끝에 이루어진 결정이라는 것이다.

이에 대해 숙대 동문들은 "김순례 의원의 발언은 '여성에게만 요구되는 도덕적 검열'이 아닌 심각한 문제 발언입니다. 김 의원의 발언은 가짜 뉴스에 기반하여 5·18운동의 본질을 국가 폭력의 피해 자를 모욕하는 반역사적, 반인륜적 발언입니다.

숙명인으로서 규탄해야 하는 것은 김순례 동문의 문제적 발언 과, 그를 이유로 들며 '여성정치인'임을 비하하는 '여성혐오'일 것 입니다.

숙명의 명예를 실추하는 것이 누구인지, 우리가 규탄해야 하는 대상이 무엇인지 다시 한번 묻고 싶습니다."라고 지적하며, "암탉 으로 울어서 세상을 깨우라고 배운 숙명여대 공동체에서 우리가 진실로 규탄해야 하는 대상이 누구인지" 다시 한번 고민해 보는 토론의 장이 열리기를 촉구한다는 것이다.

진보적 신세대와 보수적 기성세대라는 통념을 깨고, 어른 노릇을 제대로 보여준 숙명여대 동문회에 박수를 보낸다.

(2019. 4. 11.)

---

muse: 저도 짝짝짝!

먼지? 혹은 롯데 우승까지 걸리는 시간?

솜사탕

1. 지구 먼지

얼마 전에 토끼 님의 글에서 '흙에서 왔으니 흙으로 돌아갈 것을 생각'하라는 재의 수요일 아포리즘을 읽으면서, '머리카락 혹은 먼지에서 왔으니 머리카락 혹은 먼지로 돌아가라'는 말은 어떨까 생각해봤다. 남들이야 흙에서 왔을 수도 있지만, 적어도 나는 머리카락이나 먼지에서 왔다. 대체 나 말고는 집에 머리카락과 먼지를 떨어뜨릴 인간도 동물도 없는데 믿을 수 없이 많은 먼지와 머리카락이 굴러다닌다. 이런 식이면 조만간 대머리가 되는 것은 아닐까. 앞으로 탈모를 정복하는 자가 지구를 정복할 것이라고 수많은 현자들이 예언하고 있는 마당에 드디어 내가 전지구적 현상에 참여하게 되는가.

2. 우주 먼지

'먼지에서 왔으니 먼지로 ~'가 아주 뻥은 아니다. 지구도, 지구의
생물도 모두 우주 먼지에서 시작되었을 테니까. 화성과 목성 사이
에 소행성 띠가 있고 그 중에 2135년에 지구로 근접하여 달보다
가깝게 다가오며 충돌확률은 1/2700인 소행성 '베누'가 있다. 얼마
전에 소행성 기사가 포털에 연달아 실렸었다. 내가 읽은 것은 공룡
멸종이 기후변화보다 소행성 충돌 때문일 것이라는 논문 소개, 그
리고 '베누', 나머지 하나는 소행성 폭파는 어림없다는 내용. 이
세 가지였다.

약간 자극적으로 130년 후에 지구는 소행성과 충돌할지도 모른
다는 설레발로 시작되는 베누 기사는 작년에 베누 궤도에 도착한
탐사선이 이런 저런 관찰을 하고 질소로 바람을 훅~ 불어 우주
공간으로 떠오르는 암석, 먼지 등을 60그램 정도 담아서 2023년에
지구로 돌아온다는 내용이있다.

그건 그렇고, 가끔 과학 뉴스에는 깨달음을 주는 댓글이 달려
있다. 오늘만 사는 줄 알았더니 후손 걱정하는 기특한 구석이 있다
는 둥, 우주에서 인간은 먼지라는 둥, 식상한 거대담론 틈 속에
'그때까지도 롯데는 절대 우승하지 못할 것이다'라는 롯데 팬으로
추정되는 자의 '롯데 우승까지 걸리는 최소한의 시간'에 대한 현실
적인 추정이 있었다.

(다 쓰고 보니 대체 제목을 뭐라고 붙여야 할지 모를 글이 되어 버렸다. 헐~)

(2019. 3. 29.)

---

muse: 스포츠에 문외한이자 관심 없는 자로서 어느 해 야심한 시간에 〈부산갈매기〉라는 영화를 보러 갔는데 그때서야 롯데라는 야구팀 성적이 좋지 않다는 것을 알았지만 왜 그런지는 지금도 모릅니다. 제가 그 이유를 알 때까지 걸리는 시간과 롯데가 우승하기까지 걸리는 시간 어느 게 더 짧을런지

second rabbit: 아마 롯데 팬이 아니라 해태 팬이었을 것 같은데… ㅎㅎ

회화적 아름다움

솜사탕

파묵의 '이스탄불'은 관광안내서가 아니지만 이스탄불이 소설가가 태어나고 정체성을 형성한 공간이며 동시에 긴 영광과 모욕의 역사를 가진 방문할 만한 동네라는 안내 기능도 있기는 하다. 대놓고 무슨 모스크나 궁전을 소개하지는 않지만, 예를 들면 가난한 변두리 마을의 회화적 아름다움, 과 같은 장은 꼬불거리는 산동네 골목, 오래된 집을 구경하기 좋아하는 자들에게 충분히 매력적이다.

쉴레이만 모스크는 지어진 지 400년이 넘었고 어떻게 보면 풍경의 일부이지만, 파묵은 그 장면은 회화적 아름다움이 아니라고 한다. 존 러스킨에 의하면 회화적인 아름다움 유의 건축적 아름다움이 의도되거나 계획된 고전적 아름다움과 다른 점의 하나는 '우연성'이라고 했다. '그림 같은' 아름다움은 시간이 흘러 그 주위에 나타나는 담쟁이넝쿨, 풀, 식물 같은 자연의 연장선과의 조화로 이루어지며, 어떤 건물을 처음 지었을 때 보고자 했던 형태가 아니라 역사가 우리에게 부여한 새로운 관점으로 바라보았을 때 나타나는 우연적인 아름다움이라는 것이다.

그 뒤에 이어지는 파묵을 힘들게 하는 '비애스러운 폐허'의 글에도 여전히 동의한다. 뭐, 그렇다 치고. 그런데 나의 경우 오래된 동네의 막다른 골목과 낡은 집 혹은 집터, 무너진 성벽이나 담벼락을 오래오래 바라보는 이유가 파묵과는 좀 어긋난달까. '해체'를 추구하는 바는 결코 아니지만 견고하고 듬직했던 사물이 바닥으로 내려와 널브러져 있는 모습이 비애스럽지만 한편 의무에서 벗어나 쉬고 있는 듯해서 나는 그런 풍경이 편안하다.

(2019. 4. 3.)

hanafeel: 의무에서 벗어난 회화적 일상

생각에 관한 생각

솜사탕

메타인지적 정확성은 아는 것은 안다고, 모르는 것은 모른다고 하는 것이다. 사람의 경우 아는 것과 모르는 것을 판단하는 데 비슷한 시간이 걸린다. 정보의 구체성과 정확성은 별개의 문제지만. 과테말라에서 7번째로 큰 도시가 어디냐고 물어보면? 한국의 수도가 서울이냐고 물어봤을 때와 다르지 않은 속도로 모른다고 할 것이다. 장기기억을 빛의 속도로 검색해서 내놓은 결과는 아니고, 내가 과테말라에 대해서 남미에 있으며 커피콩의 생산지라는 정도로만 알고 있다는 것을 알고 있기 때문이다.

반면 컴퓨터는 모른다는 자백을 하는 데까지는 알고 있는 바를 알려주는 것보다 반드시 더 오래 걸린다. 하드를 죄다 '스캔'한 후에야 '찾는 내용이 없다'는 사실을 고하기 때문이다. 만약 찾는 파일이나 정보가 있다면 하드를 다 뒤지기 직전에라도 발견될 테지만 없는 파일이나 정보라면 다 뒤져봐야 답할 수 있다. 인간의 입장에서 보자면 컴퓨터가 자주 화풀이 대상이 되는 이유는 명백하다. 모르면 빨리 모른다고 할 일이지 꾸물대다 겨우 내놓은 대답이 '찾는 파일이 없다'니… 창 밖으로 던져버리지 않은 것은 대부분 창문이 닫혀 있고 컴퓨터가 무겁기 때문이다.

인공지능에게 자신의 지식의 넓이와 깊이를 감시하는 메타인지를 학습시킬 수 있을까.

그건 그렇고, 사람들은 가끔 혹은 그보다는 자주, 단지 귀찮아서 아는 것도 모른다고 하지 않을까. 적어도 자신이 어느 정도의 성가심을 허용할 수 있는지에 대한 메타인지적 정확성이 있다고 봐야 할까.

(2019. 4. 10.)

---

muse: 파김치가 돼서 돌아왔는데 솜사탕 님의 글이 제 기분을 솜사탕처럼 만드는군요. 감사해요.

수화기, 살구색, 하늘색

우슬초

<1>

요즘 아이들은 스마트폰에 전화를 거는 아이콘의 모양이 왜 'C모양'인지를 이해하지 못한다고 한다. 어렸을 적, 집집마다 있었던 유선전화기가 사라진 지 오래되었으니 유선전화기의 수화기 모양을 본 적이 없는 요즘 아이들은 스마트폰의 수화기 아이콘이 낯설 수밖에….

<2>

나는 아직도 살색이라고 부르는 그 색을 우리 아이들은 자연스레 살구색이라 칭한다. 살구색을 살색이라 칭하는 것이 일종의 인종차별적인 것이라고 하여 살색을 살구색으로 부르자고 했던 대국민 공익광고 덕분이리라. 이렇게 색도 시대에 따라 다르게 불려진다.

〈3〉

그럼 하늘색은? 어렸을 적 즐겨 부르던 〈파란 하늘 하얀 마음〉 동요가 문득 떠올랐다. 가수 혜은이가 청아한 목소리로 부르던 그 동요 말이다. 그림을 그릴 때면 어김없이 하늘은 하늘색 크레파스로 색칠을 했다. 하늘은 하늘색이니 망설일 이유 없이 하늘색 크레파스로 하늘을 칠할 수밖에.

그런데 앞으로 내가 아는 하늘색과 내 자녀들이 아는 하늘색이 과연 같다고 말할 수 있을지 걱정이 된다. 온통 시야를 가리는 미세먼지에 하늘색은 이젠 내가 아는 하늘색이 아니다. 이러다 지금 내가 아는 하늘색이 다른 색으로 불리게 될 날이 오지 않을까 걱정되는 하루였다.

공상 영화 속 암울한 미래 지구의 모습을 지금 이렇게 목도할 줄이야….

(2019. 3. 5.)

---

muse: 좋은 글입니다(제 관점에서~^^).

hanafeel: 그러네요.

예지몽

우슬초

아침에 눈을 뜬 아들이 학교에 가기 싫다며 운다. 어젯밤 꿈에 학교에서 놀다가 다쳐 피를 많이 흘려 쓰러지는 꿈을 꾸었다는 게 그 이유다. 남편은 분주한 월요일 아침부터 학교 가기 싫다며 우는 아이를 혼냈다.

오늘은 1교시부터 4교시까지 4시간 연강 수업을 하는 날. 3교시 수업이 시작될 무렵, 아이의 담임선생님으로부터 전화가 왔다. 이 시간에 학교에서 전화가 온다는 것은 안 좋은 일이 생겼다는 것이다. 아닌 게 아니라, 중간놀이 시간에 아이들끼리 놀다가 한 아이가 실수로 아들의 얼굴을 찼는데 그만 아들의 안경테가 부러지면서 왼쪽 눈썹 부위에 상처가 났다는 것이다. 상처가 제법 깊어서 꿰매야 한다고 했다. 이미 오른쪽 눈썹에는 긴 흉이 자리 잡고 있는데, 이번에는 왼쪽 눈썹이라니.

부리나케 친정엄마 찬스를 활용하여 아이를 데려오고 어떤 정신으로 수업했는지 모르게 수업을 마친 후, 대학병원 응급실에 다녀왔다. 상처가 깊어서 속과 겉을 여러 번 꿰매야 했다.

다행히 아들은 의연히 대처했다. 아들의 말을 들어보니 아들을 다치게 한 친구는 아들과 보건실로 이동하는 동안 수백 번 수천 번 미안하다고 사과했단다. 그 말을 듣는 순간 아들 친구의 마음도 안쓰러웠다. 아들은 그 친구 때문에 자신이 고생하게 되었지만, 친구가 모르고 한 일이기도 하고 그 친구가 자기와 세 번째로 친한 친구라 그 친구를 용서해 준다고 한다.

놀란 가슴을 진정하고 또다시 얼굴에 흉을 지니게 된 아들을 위로하며 오늘은 아들과 함께 ACC 나들이와 서점 나들이를 했다. 다쳐도 엄마와 시간을 보내는 것이 좋다는 아들을 보며 이래저래 마음이 뒤숭숭하다.

(2019. 4. 8.)

---

muse: 대견한 아드님을 두셨군요. 아드님 상처가 잘 아물기를 바랍니다. 마음이 뒤숭숭하시겠어요. 힘내세요.

gratia: 예지몽을 꾸다니… 아들을 잘 관찰해 봐야겠네요. ^^

딸에게 배운 가르침

우슬초

　나의 시어머니는 일주일에 이틀을 여수에서 광주로 오셔서 아이들을 봐주신다. 사실 이제는 안 오셔도 되는데 아들내미 집에 오는 게 싫지 않으신지(라고 나는 믿는다. 진실은 모르지만…) 8년 동안 줄곧 아이를 봐주시고 계신다. 이런 어머니께 매달 적은 금액의 수고비를 드리는데, 이 수고비는 매번 아이들이 "감사합니다."라는 인사와 함께 어머니께 봉투를 전해드리는 방식으로 전달한다. 이렇게 아이들을 통해 어머니께 봉투를 전해드리는 것은 어머니께서 은행에 가는 것을 번거로워하시는 이유가 가장 컸고 나로서는 어머니께 직접 봉투를 드리는 것이 쑥스럽기도 하기 때문이다. 한편으로는 자연스럽게 자식이 부모님께 용돈을 드리는 모습을 내 자녀들이 배우기를 바라는 마음도 없지 않았다.

　오늘도 평상시대로 아이들 편으로 어머니께 봉투를 드렸는데,

봉투를 받으신 어머니께서 어머니의 부탁으로 내가 홈쇼핑에서 대신 구입한 화장품 값을 따로 떼어 주셨다. 홈쇼핑을 통해 쇼핑을 즐기시는 편인 어머니는 나에게 종종 물건 구입을 부탁하시곤 한다. 처음에는 어머니가 주시는 돈을 받지 않으려고 했던 적도 있었으나, 그러면 어머니께서 나에게 편한 마음으로 물건 구입을 부탁할 수 없다고 하시어 지금은 물건값을 받고는 했었다. 그리하여 이번에도 어머니가 주시는 물건값을 아무렇지 않게 받았다.

그런데 이 모습을 지켜본 6살 딸이 나에게 정색을 하며 이렇게 말하는 것이 아닌가.

"그 돈을 그냥 받으면 어떡해요. 괜찮다고 하고 받지 말아야지요."

딸아이의 호통에 순간 머쓱해졌지만, 이런 딸아이의 반응이 싫지는 않았다. 이 모습을 옆에서 함께 지켜본 남편도 같은 생각이었을 것이다.

그래… 이 모습 그대로 아이들이 자라주기를 기도할 뿐이다.^^;;

(2019. 5. 18.)

---

gratia: 부모가 조부모에게 봉투를 드리는 것을 자녀들이 지켜봐야 하지 않을까요? 손자 손녀가 생기기 전에 우슬초 님네는 봉투 수령이 어렵겠네요? ㅎㅎㅎ

『권리를 위한 권리』

second rabbit

『권리를 위한 권리』(스테파니 데구이어, 알라스테어 헌트, 라이다 맥스웰, 새뮤얼 모인, 애스트라 테일러, 김승진 옮김, 『권리를 가질 권리: 어디에도 속하지 못한 사람들을 위해』, 위즈덤하우스, 2018)의, 일독을 마쳤다. 거칠고 간단하게나마 이 책에 대한 부분을 정리해 두기로 하자.

이 책은 한나 아렌트의 '권리들을 가질 권리(Right to Have Rights)'라는 개념을 분석한 책이다. 번역본으로 겨우 2백 페이지를 간신히 넘는 소책자지만 내가 보기에는 꽤나 시의적절하고 중요한 책이라고 생각된다. 그래서 작년에 나온 원서를 바로 번역한 출판사의 안목과 기민함에 찬사를 보낼 수밖에 없지만, 제목을 '권리'라는 단수로 정한 것은 좀 아쉽다. 물론 우리말로는 단수가 더 부드럽겠지만, 책의 내용에도 단수 '권리'와 복수 '권리들'을 명시적으로 구분하고 있기 때문에 좀 더 명확한 직역이 이 경우에는 적절하지 않았을까 싶다. 이 짤막한 책자 안에서 4명의 학자들이 저 아렌트의 개념의 단어 하나하나를 구체적으로 분석한다. 그러니까 Right to Have Rights라는 개념에서 첫째, 권리라는 단어, 둘째, 가진다는 동사, 셋째, 권리들이라는 단어, 그리고 마지막으로는 명시적으로 드러나지 않는 권리의 담지자를 다루는 것이다.

그런데 과연 아렌트가 1951년에 『전체주의의 기원』에서 거의 지나가듯이 다룬 저 개념을 이렇게까지 구체적으로 분석할 필요가 있었을까. 이 질문에 대답하기 위해서는 이 책의 배경에 대한 설명이 약간 필요하다. 첫째는 이 개념 자체의 역사를 보아야 한다. 먼저 아렌트가 이 개념을 처음으로 썼던 대목은 이렇다. "새로운 전 지구적 정치 상황으로 말미암아 갑자기 권리들을 가질 권리, 그리고 모종의 조직된 공동체에 속할 권리를 잃고 그것을 되찾을 수 없게 된 사람들이 수백만 명이나 생겨나면서, 비로소 우리는 이런 권리가 존재한다는 사실을 깨닫게 되었다." 아렌트가 이 '권리들을 가질 권리'를 제기한 것은 2차 세계대전의 상황에서 떠오른 '국가 없는 사람들', 보다 구체적으로는 유대인들의 문제를 제기하기 위한 것이다. 아렌트의 책은 그녀를 20세기 후반 중요한 사상가의 위치로 끌어 올렸지만, 권리들을 가질 권리라는 개념 자체는 그저 지나가듯이 등장한 것이었고 사람들의 주목 또한 받지 못했다. 그렇게 묻혀진 개념이 50년이 지나서 20세기 말에 벤하비브에 의해 발굴되었고 이후 인권이라는 문제와 관련해서 가장 문제적인 개념으로 떠올랐다. 그러므로 두 번째 배경은 바로 인권 개념 자체의 역사다. 우리는 지금에서는 우리 삶의 거의 모든 곳에서, 노동, 여성, 사회적 약자 등의 모든 사회적 영역에서, 인권이라는 문제 제기를 만나고 있다. 인권이야말로 우리 시대 모든 저항의 근거이자 구호가 되고 있으며, 우리는 이러한 상황을 당연하게 여긴다. 하지만 인권 개념 자체의 역사를 보면 이런 상황이 만들어진 것은 우연적이고 특수하다고 말할 수밖에 없다. 인권 개념은 1776년 미국 독립 선언과 1789년 프랑스 인권선언에서 기원한다고 알려져 왔다. 하지만 그 후 인권 개념이 사회적 저항의 전면에 등장한 적은 없었다. 2차 대전 이후 1948년의 세계인권선언이 선포된 후에도 상황은 그다지 변하지 않았다. 그러다가 1970년대 후반이 되어서야, 그리고 보다 본격적으로는 1990년대에 들어서야, 인권이라는 문제의식이 정치와 사회에서 모든 약자들의 목소리를 대변하는 상황이 도래한 것이다. 이 책의 저자 중 한 사람인 새뮤엘 모인의 『인권이란 무엇인가』라는 제목으로 번역된 『The Last utopia: Human Rights in History』가 바로 인권이라는 개념의 역사를 다룬 책인데, 이 번역본은 전혀 신뢰할 수가 없다. 그는 이 책에서 인권 개념이 바로 최후의 유토피아로서, 이전의 사회주의나 민족 해방 등의 거대 서사가 사라진 상황에서 그런 이전의 유토피아적인 운동의 계보를 잇는다고 말한다. 그러나 이 인권 개념은 여전히 문제적인 개념인데, 바로 그 인권이라는 개념의 아포리아가 집약된 장소가 아렌트의 '권리들을 위한 권리'라는 개념인 것이다. 세 번째 배경은 바로 현재 우리의 상황인데, 세계인구의 1%에 달하는 7천만에 가까운 사람들이 "국내 피난민이거나 비호 신청자이거나 난민"이며 이런 현실은 아렌트 당시의 상황보다 훨씬 더 심각하다. 게다가 우파 포퓰리즘이 전 세계를 휩쓸고 있는 상황은 자유주의의 새로운 위기를 불러오고 있는데, 자유주의의 가장 중심적인 개념이 바로 '권리'인 것이다. 이제 우리는 지금까지 당연한 것으로 생각해 왔던 권리라는 개념과 인권이라는 개념을 재고할 수밖에 없는 상황에 이르게 되었다.

이러한 상황이 이 작은 소책자를 시의적절하고 중요하게 만드는 배경들일 것이다.

(2019. 3. 7.)

---

muse: 오타겠지만 19488년은 왠지 기분이 좋아지네요. 아주 많은 시간을 광속으로 날아가버린 듯 해서요^^.
　↳ second rabbit: 아 그렇군요. 그럼 그냥 놔둘게요. ㅋㅋ

gratia: 권리를 가질 권리⋯ 그렇군요⋯ ^^

변명

second rabbit

요즘의 내 일상은 무언가 맘에 들지 않는다. 왠지 헛바퀴를 돌고 있거나 발이 제대로 땅에 붙어 있는 것 같지가 않다. 뭐가 문제일까.

혐의를 찾을 수 있는 꺼리들은 차고 넘친다. 공부 계획이 제대로 실행되고 있지 않다, 일본어는 손을 놓고 있다, 몸이 예전만 못하다, 운동을 안 하고 있다, 부모님의 상태가 나빠지고 있다, 몰입할 만한 책을 읽고 있지 않다, 행사가 너무 많다, 시기가 그런 시기다, 심지어 기아가 계속 지고 있다 등등. 하지만 이렇게 종범들은 넘치는데 정작 이게 문제야—경제가 문제야, 이 바보야—라고 콕 짚어서 핑계를 댈 만한 주범은 없다. 이 모든 게 다 문제일까. 하지만 생각해 보면, 이런 정도의 문제들이 없었던 적이 있었는가 하고 묻는다면, 할 말은 없다. 돈은 원래 없었고, 부모님도 악화의 예상 경로 안에 있고, 몸이야 지금까지 굴려댄 것을 고려하면 이 정도인 게 다행이고, 행사가 많고 바쁜 거야 지금이 가장 바쁜 때이니 그런 거고, 공부는 지금까지 계획대로 되어 본 적이 단 한번이라도 있었나? 기아는 말할 것도 없고.

인생은 원래 고해지. 그럼에도 행복해지려고 발버둥을 치는 게 인생이기도 하고. 그런데 사람들은 저 두 입장을 아무렇지도 않게 함께 갖고 사는 것이다. 마치 번갈아 가면서 내놓을 수 있는 카드 패처럼. 편리하게 말이지. 인생은 고해야, 그런데 인생의 목적은 행복이지.

이 대목에서 실존주의자들이 생각했던 철학의 근본문제가 이해가 된다. 그들에게 제일의 문제는 '자살'이었다지. 의미를 철저하게 추구할 때, 삶에 과연 의미가 있는가 하는 문제를 극한까지 밀어붙이면 저런 자살이라는 막다른 골목에 부닥치게 될 거라는 것이 수긍이 가기도 한다. 내가 내 인생의 주인이라면 당연히 가장 먼저, 그리고 가장 심각하게 다루어야 할 문제는 내 의지가 아닌 타인의 섹스의 결과로 주어진 내 인생을 받아들일 것인가 말 것인가 하는 문제인 것이다. 다른 모든 문제들은 이 당연한 것처럼 보이는 선물 혹은 기투로서의 삶에 대한 입장 정리가 끝난 뒤에 다루어도 좋은 것들에 불과하다. 내가 내 삶이 살 가치가 없다고 판단한다면, 세계의 근본이 물질인지 관념인지가 도대체 무슨 문젯거리란 말인가.

이런 실존주의의 문제제기는 바로 이런 맥락에서 기독교보다 더 근본적이라고 말할 수도 있다. 기독교 신학은 삶은 선물이라고 생각한다. 삶은 주어진 것(given)이다. 그러나 그들은 그게 왜 선물이냐고 묻는다. 그게 선물인지 저주인지를 먼저 따져 보아야 한다고 생각한다. 그리고 그것을 거부할 권리가 주체로서의 자신에게 있다고 주장하는 것이다. 이런 바보 같은 진지함, 혹은 순수함, 혹은 낭만주의의 뿌리에 니체가 있다. 내가 젊었을 때에 실존주의자들의 철학을 알지도 못하면서 무언가 매혹을 발견했다면 바로 저 극단의 진지함 때문이었을 것이다. 어쩌면 그때 그들을 잘 몰랐던 것이, 특히나 니체를 전혀 알지 못했던 것은 다행이었을지도 모른다. 그들을 조금 더 이해하게 된 것은 불편함, 어설픔, 말이 되지 않음, 깔끔하게 채워지지 않는 논리적 모순 따위를, 용인하고, 때로는 모른 채 하기도 하고, 때로는 적극적으로 끌어안고 길을 가는 것의 기쁨, 혹은 심지어 안심—말도 안 되지만—같은 것을 알게 된 이후였다. 다행일까? 아마도(maybe). 물론 나는 이것이 절충이고 타협이라는 것을 알고 있다. 그것을 잊거나, 잊은 척 하거나, 포장해서는 안 된다. 해피엔딩이나 싼 감상에 머물기에는 우리에게 주어진 시간과 공간은 너무 복잡하고 너무 위대하다. 그러므로 그 긴장과 모순을 좀 더 끌고 가야 한다. Hang in there. 어쩌면 견디는 것이 삶의 본질인지도 모른다.

컨디션이 좀 안 좋다고 이런 말도 안 되는 변명을 해 대다니… 내가 봐도 좀 어이가 없기는 하다. ^^;

(2019. 4. 11.)

muse: 컨디션이 안 좋으시군요. 얼른 회복되셔야 할 텐데요… 그리고 어이없지는 않다고 생각합니다. 어이없는 게 아니라 진지하신 거겠지요, 삶에… 타인의 섹스에 의한 결과로 주어진 삶이 되었든, 신의 선물이든 이제 내 것인 내 삶을 어떻게 살 것인가에 대해 진지하게 생각하는 건 좋은 태도라고 생각합니다. 동병상련의 입장에서 썼습니다…

솜사탕: 변명이 필요 이상 길고, 읽기 힘들게 한 문단으로 구성한 것으로 보아, 혹시… '삐뚤어지고 싶은 상태'는 아닐까요? 흠… 저는 찬성입니다!!

gratia: 아무튼 "말도 안 되는 변명"을 이렇게 있어 보이게 긴 글로 쓰는 능력은 대단한 거예요… ㅎㅎㅎ

책이라는 여자

second rabbit

애서가들은 책에 관한 한 과장스럽다 못해 좀 사삭스러운 데가 있다. 예를 들어 어떤 책을 읽다가 다른 책을 떠올리는 것을 '세상에서 가장 우아한 간통'이라고 표현하는 식이다. 마치 한 여자와 사랑을 나누면서 다른 여자를 마음에 품는 경우라고나 할까. 이렇게 책을 여자라고 간주하는 것은 역사상 애서가들의 대부분이 남자들이었다는 것을 감안하면 그럴 수도 있겠다 싶지만, 결국은 자신들이 타고난 바람둥이라는 것을 고백하는 것이다. 게다가 이들은 그저 이 책 저 책을, 결국 이 여자 저 여자를, 섭렵하는 데서 그치지 않는다. 만일 어떤 책이 다른 책을 호명하는 경우는 어떤가? 이런 경우는 본처가 아이를 낳기 위해 첩을 권유하는 것이라고 해야 하나? 이 경우에 아이는 물론 재미와 상상력이 되겠지만.

어제 에릭슨의 『과열』에서 저자가 그레고리 베이트슨을 20세기 가장 저평가된 사상가였다고 극찬하는 대목을 읽으면서, '얼라, 어딘가에서 비슷한 이야기를 들었던 것 같은데' 라고 생각했다. 맞다, 지그문트 바우만이 정확하게 같은 이야기를 했었다. 바우만은『소비와 교육을 말하다』에서 "베이트슨은 지난 세기 가장 명석하고 창의적이며 독창적인 인류학자"라고 극찬한 적이 있었다. 두 책 모두 베이트슨의『마음의 생태학』을 파티에 초대한다. 이런 경우에는 일종의 난교파티가 일어나고 있다고 봐야 하나?

물론 책들을 사람이나 여자에 비유하는 것은 이해할 만하다. 모든 책은 다르니까. 마치 사람들처럼. 다른 책들과의 관계도 각기 다르다. 어떤 책은 너무 도도해서 다른 책들을 떠올릴 여지를 주지 않고 오직 자기만 봐주기를 원한다. 하지만 다른 어떤 책은 너무 헤퍼서 자기가 아는 모든 다른 책들을 파티에 초대한다. 또 다른 어떤 책은 자신과 긴밀한 한두 권의 다른 책들만 불러서 은밀하고도 깊은 관계를 제안한다.

물론 애서가는 어떠한 파티도 거절하지 않는다.

(2019. 6. 13.)

---

gratia: ㅎㅎ 앞으로 소설책을 남자로 생각하면서 읽어봐야겠군요. 매혹적인 남자인지, 맘씨 좋은 남자인지… ^^

muse: 흠, 책이…

무작정한 호감

hanafeel

받아들일 수 없는 충동이나 생각을 외부 세계로 옮겨 놓는 정신 과정, 투사 한문고전 수업을 수년간 하고 있는 중인데, 아직도 주어 동사 목적어 조사의 종류가 뚜렷하지 않다. 주어 없이, 앞뒤 없이 쓰는 한문에 익숙해져 있다고 할까?

친구가 직장으로 책이 자주 배달되는 유능하고 젊은 새 약사 얘기를 자주 했다. 그녀를 철학자 김영민의 기아차 강연에서 마주치고는, 같이 수년 한문고전 공부를 같이 한 적이 있다. 한문을 배워 본 적이 없던 그녀는 처음부터 성분을 분석하더니 어떤 문장이든 쓱쓱 읽어대고 뜻을 알아내었다. 모처럼 한문 샘의 부비동염 수술을 축하하는 자리를 함께 했다.

저녁 내내 온천수 미나리, 무농약 콩나물을 무치고, 단단한 단맛 봄똥에 통통하게 뗄싹 큰 무 하나를 도마 없이 어슷썰어 겉절이

한 대야를 해 놓았다. 일찍 일어나 밤새 누군가 상보를 덮어 놓은 겉절이를 담으면서 어제 아침까지 수많은 이들에게 드리운 앙금어린 투사들을 등지고 그녀를 떠올린다. 결벽, 완벽, 젊음, 미모 그리고 능력, 그녀를 향한 나의 찬사는 어디에서 오는가?

물건은 제자리에 있어야 하는 정리벽, 넓고 길게 보는 지식과 언어로 각을 맞춘 그녀를 만나고 나선, 집에서도 일터에서도 술집에서도 제자리를 못 찾는 누군가가 된다. 아까운 시간을 내어 변기를 닦고 싱크대의 물때를 지울 때마다 떠올리는 그녀, 기분이 좋으면서 왠지 낯선 느낌이다.

무작정한 호감을 들여다보다 받아들일 수 없는 욕망을 외부로 옮기고 있는 누군가를 마주친다.

(2019. 3. 2.)

---

gratia: '봄동'이라고 해주세요. '봄똥'이라고 하니까 봄동의 달작지근하고 알싸한 품위가 훼손되는 것 같아요. ㅎㅎㅎ
  ↳ hanafeel: 몰랐어요….

muse: 엊그제 야심한 시각에 귀가해서 식은 밥에 친정엄마가 주신 봄동나물과 무생채를 넣고 쓱쓱 비빈 후에 친구가 준 참기름을 넣고 야무지게 퍼먹었습니다. 딸과 함께… hanafeel 님의 이 글이 생각났습니다. '봄똥'도, ㅋㅋ. 봄밤에 먹은 봄동 넣은 비빔밥이 다음날엔 봄에 눈 똥이 되겠다고 생각했습니다.

전구

hanafeel

오늘도 이른 새벽에 잠이 깼다. 누워 짠지를 지져놓은 것에 간을 빼는 것을 곰곰이 생각하다 국수를 삶기 전에 뜨거운 물로 한두 번 헹구어 냈다. 엊저녁 친구가 읽었을 고리끼의 『가난한 사람들』을 열었다.

5시가 되자, 몇 달 중단된 새벽 수영을 끊어야지 하는 생각에 맘이 설렌다. 5일이 월권을 끊어주는 마지막이다. 엊저녁 무용학원을 가는 차창에 어찌할 수 없는 초미세먼지의 안개를 기억하고는 광주의 오늘 날씨를 보았다. 오늘 오전까지 매우 나쁨, 내일 수야산행 시간 매우 나쁨.

시간은 6시를 넘기고 있다.

사제 졸로트니츠키는 이단적 사상을 가졌다는 이유로 수도원 감옥에서 30년을 보냈는데, 수즈달의 돌로 된 구덩이 안에서 엄격한 독방 생활을 했다고 한다. 1만 1000일의 낮과 밤이라는 더디게 흐르는 세월 동안 예수를 사랑한다는 교회가 가두어 놓은 이 수인에게 유일한 위안이자 동무는 불이었다. 이단자에게도 자기 지하감옥방 화덕에 자기 손으로 불을 붙이는 것만은 허용되었기 때문이다.

이번 세기 초 어느 해에 졸로트니츠키는 풀려났다. 과거의 이단적 생각을 다 잊어버렸을 뿐 아니라 그의 정신 또한 온통 고장이 나서 거의 꺼져 버렸기 때문이다. (……)

졸로트니츠키는 전구를 처음 본 순간 기절초풍했다.

"불까지… 아! 불까지 가두어 놓다니! 왜 이랬습니까? 악마 때문은 아니겠지요! 아… 무엇 때문이지요?"

바싹 마른 떨리는 작은 손으로 사람들을 조심스레 쓰다듬으며 그는 흐느꼈다.

"자, 풀어 줍시다……."

훤해지는 시간, 건물 밖을 나서지 않으리라, 옥상에 올라가 쌩쌩 거리는 오토바이와 차들 바퀴 닳는 소리에 작업장 환기를 위해 열린 창을 닫고 내려온다.

"오, 주의 종들이여… 어째서 이런 짓을 한 것입니까? 햇살을 가두어 놓다니… 오, 그대들이여! 불의 분노를 두려워할지니…" (막심 고리끼, 「불의 마력」)

(2019. 3. 5.)

---

muse: 사제의 정신이 꺼져 버렸다는 표현에서 한 번 놀라고, 전구를 보고 불을 가두어 놓았다고 한 대목에서 또 한 번 놀란 아침입니다. 막심 고리끼는 개인적으로 떠오르는 기억이 많은 작가인데 반갑네요. 이제 또 집에 가면 고리끼를 찾아 헤맬지도… ㅋㅋㅋ

gratia: 러시아의 수즈달, 성당이 많은 아름다운 지역이죠. 그곳에서 본 어느 감옥에 졸로트니츠키가 감금돼 있었군요… 불을 가두었다는 생각, 압권입니다. ㅎㅎㅎ

우슬초: 그림에… 수영에… 무용까지… 하나필 님은 다재다능한 분이시네요.

생일

hanafeel

오월이 시작하면,

화려한 꽃이 천지에 너부러지고

햇볕이 나보다 더 따사로운 날에

형제간이 모여 들었었다.

음력 삼월 24일인지 6일인지 8일인지

확실치는 않은 그날,

친정엄마의 생신이다.

물어봐도 못 들으시는지

손수 챙기던 생일은 기억에서 떠나보내신다.

큰아들은 어디 대학을 다니는지,

백두산 다녀온 손주는 대학을 갔는지,

아직 손대가 없는지,

식사하는 초롱한 눈으로 묻고 또 묻는다.

가져간 장미는 코 끝에 대시고 향을 맡는다.

쉬는 게 어색하기만한

평범해진 노동절 휴일

돋보기를 꺼내 책장을 넘기자

수요일인데 얼른 가

식구들 밥 먹이고 일하라 하신다.

장미 절반은 가져가라 하시고

세 송이를 집어 들자 한 송이 더 가져가라하신다.

끼니마다 딸이 올 거라 아는 것이다.

(2019. 5. 2.)

---

muse: 아, 예쁜 장미, 장미보다 더 고운 울 엄마… 라고 쓰고 싶은 것일 테지요? (아니었다면 저는 그렇게 쓰고 싶습니다.)

우슬초: 육체와 정신은 늙어가도 장미꽃의 아름다움을 즐길 줄 아는 분이시군요.

서른 살의 영화

제4인간형

좋은 영화에 관한 생각은 계속 머릿속에 고여 있다. 시간이 지날수록 고인 생각의 깊이는 더욱 깊어진다. 그리고 정말 좋은 영화는 어느덧 내 감수성의 토대가 된다. 스무 살에 보았던 〈밀양〉이 그러했고, 서른 살에 보았던 〈문라이트〉가 그러했다. 아무래도 나이의 앞자리가 바뀌면 지난 십년을 복기하고 향후 십년을 상상하기 때문에, 뭔가 의미 부여하고 싶은 마음이 커진다.

내 생각을 글로 정리할 계기가 그간 없었다. 어찌 보면 오늘 그 계기가 마련된 셈이다. 오늘부터 서른 살의 영화에 대한 내 생각을 정리해보고 싶다.

〈문라이트〉. 영화의 첫인상은 인간의 성장을 바라보는 작가의 통찰력이 서늘하다는 것이었다. 우린 쉽게 인간의 성장을 발산의 과정이라 생각한다. 이쯤에서 생각나는 영화가 〈빌리 엘리어트〉이다. 외부의 사회·문화적·계층적 압박에도 인간은 결국 자신의 안에 내재된 그 무언가를 발산할 수밖에 없고, 외부의 압박 역시 극복할 수 있다는 가능성. 그리고 그것이 바람직한 성장이자 개인의 완성이라는 규정.

그런데 역설적이게도 우리들은 그것이 현실에서 이뤄지기 힘들다는 것을 암묵적으로 동의하기 때문에 영화에서 위안을 얻는다. 〈문라이트〉는 인간의 성장이 수렴의 과정임을 인정한다. 유년시절 샤이론의 멘토였던 후안이 한 말이 아주 의미심장하다. '언젠가는 뭐가 될지 스스로 결정해야 해. 그 결정을 남에게 맡기지 마.'

이 말은 어찌 보면 너무나 당연한 말 같다. 하지만 당연해 보이는 이 말도, 얼마나 실현하기 힘든지 이 영화는 처절하게 보여준다. 굳이 영화가 보여주지 않더라도 누구나 이만큼 살아봤으면 어렴풋하게 알 수 있는 사실이다.

'고유한 개인의 완성은 사회·문화적·계층적 압박과 삶을 살아오면서 전전하는 관계 속에서 끝없이 덧칠된 결과이다.' 영화가 규정짓는 성장은 이렇게 압축된다. 세 챕터로 이루어진 영화의 마지막 챕터는 서른 살이 된 현재를 살아가는 샤이론의 이야기이다. 서른 살 샤이론의 겉모습은 유년시절의 멘토이자, 자신을 불행한 유년시절로 몰아넣었던 강인한 마약상 후안의 모습을 닮아 있다. 하지만 한편으론 종종 무언가를 희미하게 갈망하는 눈빛으로 그는 어머니와 케빈과의 관계 속에선 상처 입었던 여린 소년의 모습을 드러내기도 한다. 겉모습은 외부 세계의 압박을 수용한 것처럼 보이지만, 그의 내면은 여전히 이 세계에 적응하지 못한 소년을 담고 있다. 이것이 현재를 살아가는 샤이론이라는 개인이 지닌 고유한 형상이다.

세 번째 챕터에는 내용의 흐름상 관계없어 보이는 이상한 쇼트가 삽입되어 있다. 식당에서 문 쪽을 바라보는 샤이론의 시점 쇼트와, 해변을 잠시 바라보는 샤이론의 시점 쇼트가 그것이다. 샤이론의 유년시절을 담은 첫 번째 챕터에서 후안은 항상 식탁에 앉을 땐 문을 등지지 말라고 충고한다. 언제든 누군가의 습격을 받을지 모르는 마약상의 습관 같은 것이다. 식당에서 문 쪽을 바라보는 샤이론의 시점은, 현재의 삶에도 끊임없이 영향을 미치는 과거의 흔적이자 덧칠의 결과이다. 샤이론의 청소년기를 담은 두 번째 챕터에서 케빈의 따뜻한 위로를 받았던 곳 역시 해변이었다. 그렇다면 해변을 잠시 바라보는 샤이론의 시점 쇼트 역시 같은 맥락에서 이해가 된다.

샤이론의 유년시절을 담은 첫 번째 챕터에서의 작중 시간은 약 몇 개월 정도로 보인다. 두 번째 챕터에서의 시간 역시 그보다는 짧지만 몇 개월 정도의 시간을 다루고 있다. 그런데 세 번째 챕터에서는 약 일주일 이하의 시간을 다루고 있다. 챕터에서 다루고 있는 시간이 짧을수록 이야기의 밀도는 높아진다. 즉 영화가 관심 있어 하는 부분은 '현재의 삶'이며, 현재의 삶을 살아가는 독특한 개인의 형상은 어떻게 완성되었는가 하는 것이다. 나의 사소한 말과 행동. 그리고 습관 하나하나까지. 그것이 어디에서 덧칠된 결과물인지 하나하나씩 복기하다 보면 결국 나를 완벽하게 알 수 있을까. 여러 색이 덧칠되면 결국 검은색이 되어 버린다. 세 번째 챕터의 제목은 '블랙'이다. 약 십년 만에 다시 만난 샤이론에게 케빈은 이렇게 묻는다. '샤이론, 넌 누구야?'

〈문라이트〉는 끝내 이 세계에 동화되지 못하는 한 개인의 내면세계를 담고 있는 영화다. 그런데 보이지 않는 인간의 내면을 어떻게 영화에 담을 수 있을까. 영화는 자신이 가진 고유의 형식을 활용하는 데서 그 답을 찾고 있다. 외부세계의 자극은 그대로 한 개인에게 이송되지 않는다. 고유한 개인의 형상이 만든 틀에 의해 한 번 굴절되어서 인식된다. 그러한 굴절의 미묘한 차이를 영화는 형식을 통해 드러낸다.

이를테면 인물의 입모양과 말소리를 의도적으로 어긋나게 싱크를 조절하는 쇼트에서 그 예를 찾아볼 수 있다. 십년 만에 만난 케빈의 얼굴을 바라보는 샤이론의 시점 쇼트가 바로 그러하다. 케빈의 말소리는 먼저 들리지만, 케빈을 바라보는 샤이론의 시점에서 화면의 시간은 느리게 흘러간다. 세상의 모든 것이 멈추고 오로지 그만 보이는 순간이기 때문이다. 겉모습은 험상궂은 마약상의 모습을 하고 있지만, 샤이론의 내면에는 여전히 순수한 면모를 지닌 소년이 있음을 보여주는 장면이다.

영화의 각 챕터 앞에 프롤로그의 기능을 하는 시퀀스가 삽입된 것도 주목해볼 만하다. 이 프롤로그들은 모두 무언가에 쫓기는 샤이론의 모습을 담고 있다. 유년시절에는 자신을 괴롭히는 아이들에게, 청소년기엔 자신을 따돌리는 터렐이라는 급우에게, 그리고 서른이 되어서도 샤이론은 자신에게 냉담했던 어머니가 나타나는 꿈에 쫓긴다.

샤이론을 쫓는 대상들은 모두 외부세계의 존재들이며, 이들은 앞서 언급한 싱크의 조절로 굴절되어 형상화된다. 즉 이들은 그의 내면세계에서 끊임없이 반복 재생되는 상처의 굴레이다. 샤이론은 서른이 되어서도 그것들과 끝내 화해하지 못하고 쫓기고 있는 것이다. 개인의 내면에 깊이 각인된 상처는 쉽게 아물지 않으며, 그것과 무관하게 시간은 흐른다. 결국 샤이론은 빠지지 않는 멍을 가슴에 이고 살아가는 우리 모두와 같은 '상처 입은' 개인이다.

외부 세계로부터 상처 입은 개인은 무엇으로 위로 받을 수 있을까. 좀처럼 동화될 수 없는 이 세계에서 어떻게 살아남을 수 있을까.

영화는 그 물음에 대한 답을 아이러니하게도 다시 외부 세계에서 전전하는 관계 속에서 찾는다.

흑인, 하층민, 동성애자, 나약한 신체적 특성. 이러한 조건들은 자신의 의지와 관계없이 선험적으로 신이 찍은 공식적인 낙인과 같다. 사회 속의 개인을 변별하는 최소한의 표지인 자신의 이름마저도 우리는 스스로 결정하지 못한다. 이러한 어쩔 수 없는 삶의 조건들이 타인과의 관계 속에서 혐오의 조건으로 전환되기도 한다. 나약한 신체, 동성애자라는 삶의 조건에 의해 샤이론은 고통스러운 유년시절과 청소년기를 보낸다.

하지만 그러한 삶의 조건이 때론 타인과의 관계 속에서 애정의 조건이 되기도 한다. 후안은 자신의 과거를 보는 듯한 어린 샤이론을 보호해주고 싶은 대상으로서 보듬어준다(후안은 어린 샤이론에게서 자신의 과거를, 샤이론은 후안에게서 자신의 미래를 본다고 할 수 있다. 즉 이들은 서로에게 있어 자신의 과거와 미래를 비춰주는 거울과 같은 존재이다). 케빈은 호감의 대상이자 위안을 나누고 싶은 상대로서 샤이론에게 다가선다. 모두 샤이론이 흑인, 하층민, 동성애자, 나약한 신체적 특성을 가졌기 때문에 가능한 것이다.

영화 속에서 샤이론에게 애정을 주는 이들이 하는 행동에는 공통점이 있다. 바로 샤이론에게 음식을 대접하는 것이다. 후안은 샤이론과 첫 만남에서 점심식사를 대접한다. 케빈은 직접 자신이 만든 쿠바식 요리를 샤이론에게 대접한다.

내가 대접한 음식은 상대의 피와 살이 된다. 이만큼 애정으로 가득 찬 행위가 있을까. 케빈이 샤이론에게 대접할 음식을 만들기 위해 재료를 다듬고 불로 조리하는 과정을 느린 화면으로 일 분 이상 담아내는 시퀀스는 그 자체로, 케빈의 샤이론에 대한 애정의 정도를 가늠케 한다.

영화 속 세 챕터의 이름은 각각 리틀, 샤이론, 블랙이다. 이는 모두 샤이론을 지칭하는 이름이다. 리틀은 작고 보잘 것 없는 아이라는 별칭이다. 샤이론은 현실에 실존하는 존재로서 고통 받는 샤이론의 본명이다. 블랙은 덧칠된 존재로서, 그리고 유일하게 케빈만이 사용하는 샤이론을 부르는 애칭이다. 이들은 샤이론에게 있어 각각 잊고 싶은 이름, 어쩔 수 없이 받아들이는 이름, 그리고 가장 불리고 싶은 이름이다.

그런데 영화의 챕터는 케빈이 샤이론을 각 챕터의 이름으로 부르면서 시작된다. 이것은 무엇을 의미하는 것일까. 십년 만에 다시 만난 샤이론이 자신의 기대와 다른 모습으로 변해버리자, 케빈은 실망감을 드러낸다. 그러한 실망감이 '샤이론, 너는 누구야?'라는 물음에 담겨 있다. 샤이론은 '나는 나일뿐.'이라고 대답하지만, 우리들은 안다. 그는 더 이상 세상으로부터 상처 받지 않기 위해 맞지 않은 옷을 입은 소년이라는 것을. 샤이론은 좀 더 직접적으로 케빈에게 자신에 대해 기대한 모습이 무엇이냐고 반문한다.

그때 케빈은 미소를 띠며 '기억나? 우리가 마지막으로 봤던 시절을'이라 답한다. 그것은 세상에서 가장 따뜻하고, 진정성 있는 '사랑해'였다. 그 시절은 샤이론에게 있어 고통스러웠던 과거의 시간을 의미하며, 샤이론의 표현처럼 '잊고 싶은 시절'이다. 그런데, 그 시절까지 사랑해주는 이가 여기에 있는 것이다.

케빈에게 있어 샤이론이 '리틀'이건, '샤이론'이건, '블랙'이건 아무런 상관이 없다. 샤이론이 갖추고 있는 삶의 조건, 고유한 개인의 형상은 케빈에게 있어 그 자체로 애정의 조건이 된다. 이제 영화의 제목인 〈문라이트〉의 의미를 짐작할 수 있다. '달빛 아래선 모두가 푸른색으로 빛난다'는 달빛의 속성을 생각해볼 때 그 안에는 '평등성'의 의미가 내재되어 있다. 즉 개인이 갖춘 어떠한 고유한 형상, 삶의 조건은 충분히 평등하게 누군가에게 사랑받고 존중될 수 있음을 의미한다.

그렇기 때문에 우리들은 살아갈 수 있다. 고통스러웠던 어제를 함께 기억해줄 수 있는 이가, 나를 있는 그대로 인정해주고 사랑해줄 수 있는 이가 반드시 이 세상에 존재하기 때문이다. 오늘을 산다

는 것은 고통스러웠던 어제를 극복했다는 의미가 아니다. 단지 그
것을 견디게 해주는 오늘의 사랑이 존재하기 때문에, 우리는 살아
갈 수 있는 것이다.

(2019. 3. 1~2.)

---

gratia: 제4인간형 님과 함께 영화를 읽는 즐거운 시간이 되겠군요… ^^

muse: 예전에 어떤 남자랑 연애할 때, 그 사람은 항상 문이 바라다 보이는 쪽에 앉았고
저는 늘 문을 등지고 앉았지요. 처음엔 눈치채지 못했는데 어느 순간 내가 문을 바라
보는 자리에 앉으려고 하면 그가 나를 다른 자리에 앉게 했어요. 그래서 물어보았죠.
왜 그래야 하냐고? 그때 그가 뭐라고 대답했는지 정확히 기억나지는 않지만 아마도
나를 보호하려고 그런다는 뉘앙스의 말이었던 것 같아요. 그 남자의 몸속에는 세상이
언제든 자기를 덮칠 수 있다는 본능 같은 것이 있었을지 모르겠어요. 〈문라이트〉…
저도 감동적으로 보았던 영화인데, 님의 글을 읽으니 다시 보고 싶어집니다.

hanafeel: 습관 덧칠 블랙 현재. 영상으로 보이는 듯합니다.

second rabbit: 덧칠 이야기를 하니 팔림세스트가 생각나네요. 그건 결국 블랙일까요?
^^

우슬초: 솜사탕 님과 진지한 대화를 나눌 수 있는 분이 오셨네요^^

muse: 잘 읽었습니다.

gratia: 영화 평론가를 꿈꾸시는 것 같은데요? ㅎㅎㅎ

second rabbit: 달빛 아래서 누군가 빨간 색으로 빛나면 안 되나요? ㅎㅎ
　↳ 제4인간형: 영화에서 빨간 옷을 입거나, 빨간 색채가 강조된 인물들은 시련과
고통을 주는 인물들로 설정되어 있더라구요. 도망쳐야 합니다. ㅎㅎ

muse: 영화에서 누군가 하얀 옷을 입고 나오면 곧 빨간색 피를 철철 흘리겠군, 이라는
생각은 합니다만…
　↳ 제4인간형: 영화 속에서 케빈이나 후안은 강박적으로 하얀 옷을 입고 나오더라구
요. 뭔가 호의적인 사람에게 배당된 색처럼. ㅎㅎ

밀양에 사는 벌레들

제4인간형

영화 〈밀양〉의 신애와 소설 「벌레 이야기」의 아내의 차이는 인물의 성격에 있다. 신애는 자기기만적 성격이 강한 인물이다. 영화에서 신애의 성격을 분명하게 드러내는 장면은 그녀가 남동생과 대화를 하는 장면일 것이다. 외도한 이와 함께 교통사고로 죽은 매형을 원망하는 남동생 앞에서 그녀는 끝까지 '네가 잘못 안 것'이라며 남편을 두둔한다. 하지만, 자신을 속이는 사람은 그 누구보다 자신이 외면한 진실을 잘 안다.

신애는 신이 이 세상에서 제일 가련한 자신만을 구원해줄 것이라고 믿는다. 하지만 성경 공부를 그 누구보다 열심히 하는 신애가 모를 리가 없다. 신은 버러지 같은 인간들에게도 자비를 베푸는 존재라는 것을. 신애는 그것을 기어이 자신의 눈으로 확인한 후에야 무너지게 된다.

그러한 신의 사랑을 파괴하고 싶은 신애의 몸부림은 역설적으로 자신을 파괴하는 결과를 초래한다. 신애는 하늘을 향해 눈을 부릅 뜨며 '난 너에게 지지 않아.'라고 독기 품은 말을 내뱉는다. 신 없이 도 자신은 잘 살 수 있을 것이라고 믿는다. 하지만 신애는 자신의 손목에서 솟구치는 피를 볼 때 진정으로 신에게, 아니 그 누군가라 도 붙잡고 진심으로 하고 싶었던 말을 한다. '살려주세요.'

　　개인적으로 인상적이라 생각하는 두 장면이 있다. 이 장면들은 의미적으로 조응을 이루면서 진정으로 이 영화가 전하고 싶었던 메시지를 드러낸다. 또한 이 장면들은 스무 살 때 이 영화를 처음 본 이후, 오랜 시간 동안 나를 위로 해주었던 가슴 뭉클한 장면이기 도 하다.

　　첫 장면은 아이가 유괴된 것을 안 신애가 도움을 구하러 종찬에게 갔다 끝내 말 한마디 못하고 그대로 돌아서는 장면이다. 터덜터덜 힘없이 홀로 어둔 길을 걸어가는 신애의 뒷모습을 카메라는 조심스 럽게 뒤따라간다. 결국 걸을 힘도 없어 맨바닥에 쪼그려 우는 신애의 얼굴이 아닌, 뒷모습을 찍는 카메라는 신애의 모습을 더욱 작고 초라하게 담아낸다. 신애는 왜 종찬에게 도움을 구하지 못했을까. 그녀는 그때 깨닫지 않았을까. 이것은 결국 온전히 내가 짊어져야 할 버거운 그 무엇이란 것을. 인간은 이 세상에 내던져진 존재니까. 아무리 신애에게 간이며 쓸개며 내어줄 것 같은 종찬이라도 그녀를 이 고통의 구렁텅이에서 건져줄 순 없다. 각자가 짊어진 숙명의 십자가, 신애는 그것을 너무나 차갑고 아프게 깨달은 것이다.

두 번째 장면은 영화의 마지막 장면이다. 신애가 스스로 머리를 자르려 할 때 종찬은 거울을 들어준다. 그리고 한줄기 빛이 그들이 있는 앞마당을 비춰준다. 곧 죽고자 하는 사람이 머리를 자르고 자신을 단장할 리 없다. 스스로 머리를 자르는 신애의 행동은 그럼에도 불구하고 살아가고자 하는 삶의 의지를 의미한다. 신애의 단장에 필요한 것은 거울과 빛이다. '거울' 정도는 종찬이 들어줄 수 있는 일이다. 그리고 빛은 언제나 어디에서건 우리를 비춰준다. 신애는 이전에 종찬에게 밀양이 어떤 곳인지 물은 적이 있다. 종찬은 딴 데와 똑같은 곳, 사람 사는 게 다 똑같으니 밀양(햇빛의 비밀)도 똑같은 곳이라고 답한다.

세상에 내던져진 수많은 벌레들이, 오늘도 자신에게 주어진 고통을 삼키며 구물거리며 살아갈 수 있는 이유는 무엇일까. 타인은 그 누구도 날 구원해줄 수 없다. 심지어 그 타인이 신이라도 근원적인 고통으로부터의 나를 해방시켜 줄 수 없다. 밀양, 햇빛의 비밀은 언제 어디서건 누구에게 비춰진다는 평등성과 일상성의 의미를 담고 있다. 언제 어디서건 똑같이 비춰주는 햇빛과 나 자신을 스스로 바라볼 수 있게 시선이라는 거울을 들어주는 타인의 존재. 나 스스로를 놓아버리고 싶은 고통 속에서도, 나는 이들이 있기에 오늘도 머리를 자르고 면도를 하며 옷을 갈아입고 다시 앞으로 나아갈 수 있다. 그것이 오랜 시간 동안 이 영화가 나에게 주었던 귀한 위로였다.

(2019. 4. 7.)

muse: 저도 영화 〈밀양〉에서 제일 좋아하는 장면이 마지막 씬… 그런데 저는 그 마당에 흙이며, 잡동사니 위에 내려오는 햇빛을, 그 햇빛의 장면을 좋아합니다. 정말로 마지막 씬^^

화양연화(花樣年華)

제4인간형

　과거시제선어말어미 '-았/었-'을 두 번 중첩하여 쓰면 '대과거' 또는 '강한 단절감'이 있는 과거를 나타낸다. 과거의 과거이니 과거를 나타내는 선어말어미를 한 번 더 쓰는 것이다. '여기엔 꽃이 피었었다.' 현재에는 꽃이 피었던 흔적마저 없을 때 우린 이렇게 말한다.

　화양연화는 시제를 의미하는 말이다. 구체적으로 말하자면 과거 시제이고 앞서 언급한 현재와 멀리 떨어진 강한 단절감이 있는 과거 시제를 담고 있는 것 같다. 누구나 현재가 더할 나위 없이 완벽하다고 생각하는 사람은 없다. 그러나 아이러니하게도 먼 시간이 흐른 뒤 그 현재가 어쩌면 화양연화의 시절이지 않았을까, 반추하는 경우는 허다하다.

　영화에선 유독 적록의 색감이 부각된다. 특히 녹색의 경우는 두

인물의 관계를 맺어주는 소품이나 그들이 머문 공간의 색감으로 부각된다. 녹색은 예전부터 유령의 색이었다. 적지 않은 사람들은 이것을 인지하지 못하는 병을 앓고 있다. 히치콕의 〈현기증〉에서도 허상은 항상 초록색과 관련된 무엇으로 표현되었다. 〈화양연화〉에서 녹색은 보이지 않는, 아니 보여선 안 되는 사랑을 할 수밖에 없는 그들의 상황을 의미하는 것 같다.

영화에서 가장 유명한 배경음악인 유메지의 테마가 흘러나올 때마다 영화 속 시간은 느리게 흘러가고 그들을 감싸는 공기의 밀도는 높아진다. 유메지의 테마가 나오는 시퀀스들을 모아보면 그들이 그 시절 함께 나눴던 '희고애락(喜苦哀樂)'이 드러난다. 부정한 자신의 배우자에 대해 분노조차 못하는 착하고 여린 그들에게 있어 怒는 없다. 다만, 관계가 깊어질수록 예정된 이별에 대한 속 앓는 苦만을 안고 있을 뿐이다.

모완은 오랜 시간이 흐른 뒤, 앙코르 와트의 갈라진 벽 틈 사이로 리첸과 함께 했던 그 시간을 넣고 흙으로 그 틈을 메운다. 옛날 사람들은 감추고 싶은 비밀을 있을 때, 산에 올라가 나무 하나를 찾아 그 밑에 구멍을 파고 자기 비밀을 속삭인 뒤, 흙으로 봉했다고 하는 지인의 말을 들은 뒤였다. 그리고 적지 않은 시간 동안 앙코르 와트의 전경을 보여주는 영화의 마지막 장면에서, 어쩌면- 앙코르 와트는 수많은 이들의 '화양연화'로 쌓아 올린 슬픈 사원 같은 게 아닐까 하는 생각이 들었다.

모두에게 그런 시절이 있'었었'다.

(2019. 3. 12.)

---

muse: Green is my favorite color. Am I a ghost? Maybe…
 ↳ **제4인간형**: 저도 초록색 좋아합니다. 제 눈엔 잘 보이는 색이기 때문에 공부할
   때 책에 초록형광 칠갑을 ㅎㅎ

gratia: 저는 그 영화에서 냇킹콜의 키사스 키사스… 를 더 좋아합니다.^^
 ↳ **제4인간형**: 저도 그 곡 좋아했는데, 이천년대 초에 많은 광고들과 예능에서 우스꽝
   스러운 상황에 그 곡을 자주 써서… 곡의 분위기가 이상하게 느껴지더라구요.ㅎ
 ↳ muse: 저는 부에나 비스타 소셜 클럽의 키사스를 더…^^

글쓰기와 나

muse

'100일 글쓰기'를 시작한다. 나는 왜 이것을 하려고 하는 것일까? 100일 동안 글쓰기를 해야 한다고 해서 왔더니 카페명이 '글쓰기 치료 연구'이다. 이곳에서 글을 쓰고 올리다 보면 나는 어느 순간 치유되어 있을까? 치유를 향해 가는 과정 중에라도 있게 되는 것일까?

고래를 닮은 섬이 바라다 보이는 아름다운 제주 바닷가에 위치한 예쁜 게스트하우스에서 낯선 이들을 만났다. 그 낯선 이들에게 내 친구가 나를 소개한다. 이 친구는 문학소녀예요. 짧고 강렬한 충격이 온다. 내가 싫어하는 몇 개 안되는 단어 중에 하나가 '문학소녀'인데 나를 잘 알고 있다고 생각했던 친구가 나를 그렇게 소개했다. 호적상 나이는 50대이고, 몸 나이는 80대이고, 정신연령은 10대이고, 마음은 영원한 20대인 나. 평소 우리 큰딸이 제일 싫어하는 내 모습이 '소녀 같은' 엄마. 그런 것은 다 인정하겠는데 내가 '문학소녀'라고? 문학은 내 영혼과 삶을 걸어놓은 못과 같은 것이라고 생각하면서 반백년을 살아왔는데 글쓰기로 아무 것도 이룩한 것이 없고 발전도 성장도 없는 내가 타인에게는 '영원한 문학소녀'일 수 있겠다는 생각이 나를 슬프게 했다. 나 뭘 하면서 산거니? 문학은 내 못이 나이라 자위도구였던 것일까?

먼 곳에서 돌아오신 아버지가 내게 한 권의 책을 내밀면서 시작되었던 나와 글과 문학의 공생관계. 문학과 글쓰기는 나의 정해진 운명 같은 것이라고 지금까지 착각했던 것 같다. 그것은 내 운명이 아니라, 그저 내가 좋아했던 어떤 것이었을 뿐이다. 너무 많이 좋아해서, 내가 가졌고 가질 수 있었던 그 어떤 것들보다 내게 가치 있었던 것. 가만히 앉아 생각하면 마음이 파르르 떨리고, 눈시울이 따끔해지는 이제 가질 수 없고 가지면 안 될 것 같은 내 손이 닿지 않는 곳에 있는 보석이나 무지개 같은 것.

그래서, 아마도 그래서 나는 이 작업을 시작하는 것일지 모르겠다. 좀 더 가까이 두고 싶다. 일상적으로 함께 하고 싶다. 글을 쓴다는 행위 말이다. 그리고 과거의 나는 다 잊고, 처음부터 다시 시작하고 싶다. 천천히 겸허하게. 글을 잘 쓴다는 칭찬의 홍수 속에 살았던 나, 가끔 천재 아니냐는 소리도 듣곤 했던 나, 글쓰기의 DNA가 천부적으로 내 몸 안에 존재한다고 착각하며 살았던 나, 그런 말들이 오히려 나를 압박해 들어와 어떤 글도 제대로 쓰지 못하고 갈 때가 된 나리꽃잎처럼 시들어 가는 나를 버리고 싶다.

그냥 편하게 친하게 지내고 싶다, 글과, 글을 쓴다는 행위와. 완벽해야 한다는 강박증을 버리고(버려질까?) 늘 마시는 한 잔의 물처럼 글쓰기와 관계 맺고 싶다. 이것은 또 다른 집착일지 모른다는 생각도 들지만 이제 세상에 남은 염(念)이 별로 없는 지금 이 정도의 욕망은 내게 남기고 싶기도 하다. 글이여, 내게 오렴. 나 또한 너를 향해 천천히 아주 천천히 걸어갈 테니….

(2019. 3. 1.)

---

gratia: 글쓰기의 DNA가 천천히 살아날 거예요. 확신합니다… ^^
　└ muse: 감사합니다. 판도라의 상자에 마지막으로 남아 있던 녀석 하나가 제게로 날아오는 환상이 보이는군요.^^

제4인간형: 내 안에 무언가가 충만할 때. 글은 항상 찾아옵니다. 행복한 시간이라 생각해요.^^

muse: 오타가 있군요. 원래는 절망해야 맞지만 씩 웃고 넘기겠습니다. 지금은 노트북과 멀리 있는 관계로 오타는 내일 수정하겠습니다.

hanafeel: 기대되요.
　└ muse: 감사합니다*^^*. 용기가 생기는 3월 첫 토요일이군요.

Cogito, Ergo Sum: 100일 글쓰기의 고통

muse

글쓰기가 어렵다. 글쓰기는 어렵다. 지금 하는 100일 글쓰기는 어렵다. 일견 이 글쓰기 프로젝트의 목표는 자명한 듯이 보인다. 일단 100개의 글이라는 목표점이 있다.

그것을 수치로만 생각하면 얼마간 편해지는 지점이 생긴다. 100번만 쓰면 된다. 100개의 글만 쓰면 된다.

그런데 예상대로 잡생각(고상하게 사유라고 할까? 또는 회의(?))이 끼어든다. 어떤 글이어야 하는가? 그래, 좋다. 자유 형식에 자유 소재라고 하자. (지금 다들 그렇게 하고 있다. 혹은 그런 것처럼 보인다.)

다른 사람들은 그렇다 치자. 내 글이 문제다. 이건 일기인가? 투정인가? 신세 한탄도 아니고… 그런데 신세 한탄도 할 거면 제대로 하고 투정도 부릴 거면 확실히 부리고 일기라면 마음에 맺힌 것 없이 써야 하는데 그것도 아니다.

나는 (어쩌면 예상되었던) 딜레마에 빠진다. 이건 뭐지? 뭐하자는 거지? 난 또 길을 잃은 것인가?

Cogito, ergo sum.

데카르트는 사유하고 회의하는 그 자신만 남을 때까지 회의를 극한까지 밀어붙였다. 나는 내 고통의 근원에 대해 회의하고 또 회의한다. 이 글쓰기 프로젝트도 내 회의의 대상이다.

글을 쓰면 쓸수록 내가 무슨 짓을 하고 있는 건지 모르겠다. 글쓰기의 스킬을 익히고자 하는 작업이 아니라고 했을 때, 나의 이 100일 글쓰기는 진정성을 담지하고 있는지, 과연 진실한 행위인지….

에휴, 모르겠다. 피곤하다. 한 일 년간 광에 처박아 놓고 돌보지 않은 고구마처럼 정신이 썩어 문드러지고 힘이라고는 없는 것 같다. 문득 그런 생각이 든다. 어느 날, 고매하신 분들의 글쓰기 프로젝트에 끼어든 한 여자가 말도 안 되는 글들을 쓰다가 결국 죽어버린다는 소설이나 써볼까? 그 소설에서 여자는 100번을 채우고 죽어야 할까, 아님 미완성으로 남기고 가야 할까? 어느 쪽이 극적인가? 더 재미있는가?

나를 이루는 질료들을 생각해본다. 나는 대체 어떤 인간이지, 어떤 질료로 형성되어 있기에 오늘날 이 모양인지… 아무 생각 없이 그저 100번의 글쓰기를 하다보면 알게 될지도 모른다고, 왜 살고 있는지까지 알게 될지 모른다고, 어떻게 살아가야 하는지까지도 알게 될지 모른다고 나는 내심 기대했던 걸까?

결국은 글을 쓰는 나만 남을 때까지 극한으로 질문을 밀어붙여야 하는 것일까? 지금 글을 쓰고 있는 나는 회의하기가 힘들므로?

100번의 글쓰기를 한다는 것은 이곳에서는 일종의 정언명령이 될 수 있는 것일까?

다 집어치우고 나는 이 글쓰기가 힘들다. 100이라는 숫자는 힘들지 않다. 한 번 한 번 쓸 때마다 힘들다. 나에게 글이란 언제나 진실된 것이어야 하는데 내가 진실되지 않고 그래서 내 글이 진실되지 않은 것 같아서 나는 힘들다. 그렇다면… 그렇다면, 이라는 질문이 남아서 나는 힘들다. 이 대목에서 떠오르는 것은 〈Jamais Vu〉의 마지막 가사다. I won't give up. 빌.어.먹.을.

(2019. 4. 14.)

gratia: 글쓰기 멤버의 대부분은 어떤 식으로든 글쓰기와 관련되어 있는 분들이에요. 그래서 글을 써야 하는데… 혹은 글을 잘 쓰고 싶은데… 라는 생각들이 있는 분들이죠. 일상의 분망함에 채여 실현시키지 못하는 글쓰기의 욕구를 강제적으로 실행시키는 장치라고나 할까요… 제 생각입니다. ^^ 뮤즈 님의 경우는 분출하는 말하기의 욕구를 글쓰기가 아니면 풀기 어렵지 않을까요? ㅎㅎㅎ 다른 사람들보다 많은 글을 저금해 두셨으니, 힘드시면 잠깐씩 쉬셔도 됩니다. ^^

   ↳ muse: 어줍잖은 제 고뇌에 성실히 응답해주셔서 고맙습니다. 마음이 따뜻해져서 저도 모르게 울게 되네요… 글쓰기가 힘든 것인지, 살아가는 것이 힘든 것인지 모르겠지만 어쨌든 아직은 살아 있어야 하고(누군가 제게 당신이 필요해요, 라고 말했기 때문에…) 그래서 당분간은 'won't give up' 상태로 … 글이야 뭐, 분출대 는 대로 마그마 흐르듯이 내버려두면 되겠지요^^

솜사탕: 이런 식으로 한 편을 채우는 건가요?? 토끼 님 '변명'의 뮤즈 님 버전이랄까요 ㅋㅋ

   ↳ muse: ㅎㅎ 허탈…^^ 어쨌든 웃었습니다~~ Thanks.

hanafeel: 글쓰기 치료, 흑.

글쓰기의 어려움 2

muse

병원에서는 글 쓰는 작업이 불가능하다는 것을 깨닫고 나는 퇴원을 결심했다. 원고를 넘겨야 하는 날짜는 이미 지나 있었다. 담당 기자는 괜찮다고, 몸조리 잘 하라고 톡을 보내왔지만 내 신경은 날카로울 대로 날카로워져 있었다. 마감을 어겼다는 것, 시간이 지났는데 아무런 생각이 안 떠오른다는 것이 나를 힘들게 했다.

나는 내가 퇴원해야만 하는 이유에 대해서 진지하게 글을 썼다. 핸드폰 메모 기능을 이용했다. 의사가 오면 보여주고 퇴원을 조르려고 했는데 의사는 읽어보지도 않고 퇴원을 허락했다. 이미 그때쯤 나는 내장기관보다는 정신 쪽에 문제가 있어서 식사를 못하는 환자로 분류되었던 것 같다. 그러니까 더 이상 소화기내과 환자로만 보기에는 애매한 지점이 내게 발생한 것이다. 나는 퇴원했다.

진짜 문제, 진짜 어려움은 그때부터 시작되었다. 나는 단어와 문장을 길어 올릴 두레박이 우물 바닥으로 추락했다고만 생각했다. 그 우물이 고갈되었을 줄은 몰랐다. 어떤 단어도 떠오르지 않았다. 연극에 대해 뭐라고 써야 하는지 아무런 생각도 나지 않았다. 참담했다. 나는 글 밖에 서 있었다. 글은 나를 소외시키고 나를 거들떠보지도 않았다. 결정해야 했다. 다시 한 주를 미룰 것인지, 아니면 아예 리뷰 쓰는 일 자체를 접을 것인지. 소심한 나는 어떻게든 글의 형태를 갖춘 뭔가를, 그러니까 일종의 기형아라도 낳아보자고 마음먹었다.

그것은 할 짓이 못 되는 일이다. 억지로 쥐어짠 문장들, 적절하지 않은 단어들, 손가락으로 지그시 밀면 와르르 무너질 구성, 구멍이 숭숭 뚫린 글집… 주제도, 핵심도 없이 중언부언 해놓은 낱말들의 쓰레기장 같은 글… 나는 종말이라는 단어를 떠올렸다. 결국 여기까지인가. 여기서 끝인가. 아무것도 한 것이 없는데 종말이 나를 덮쳤다.

되짚어야 했지만, 글쓰기와 관련된 내 삶 전반을 복기해야 했지만 뇌의 기능이 점점 둔화되는 것만을 뚜렷하게 느낄 수 있을 뿐이었다. 나는 불꽃이 사그라들어 가다가 한 가닥 연기를 남기고 꺼지는 촛불의 이미지를 떠올렸다. 말이 안 되는 글을 보내놓고 넋이 나갔다. 모든 게 싫다는 감정이 들었다. 글을 쓰는 것도, 뭔가를 먹는 것도, 숨을 쉬는 것도 다 귀찮고 싫었다.

하지만 원고는 내 손을 떠났고, 신문지상에 버젓이 실렸고, 극단 대표는 자기네 연극을 소개해주어서 고맙다는 인사를 해왔다. 둔기로 머리를 맞은 것 같았다. 고작 그런 글로, 그렇게밖에 못 썼는데 인사를 받다니… 이제 어떻게 해야 할지 모르겠다. 나는 미로에 갇힌 느낌이다. 사실은 아무것도 할 수 없는 갓난아기인데 지혜로운 어른인 척 살아야 하는 역할을 맡은 것만 같다. 앞으로 나는 어떻게 글을 써야 할까. 아무 생각도 나지 않는데 말이다.

(2019. 7. 20.)

지상 인터뷰

1. 글쓰기란 나에게 무엇인가?
2. 100일 글쓰기에 참여한 후 느낀점
3. 제안하고 싶은 글쓰기가 있다면?

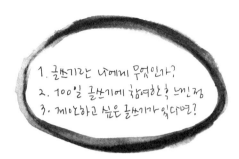

1. 글쓰기란 나에게 무엇인가?
2. 100일 글쓰기에 참여하고 느낀점
3. 제안하고 싶은 글쓰기가 있다면?

gratia

1. 나의 정체성을 규명하는 중요한 인자. 어떤 방식으로든 글쓰기를 하고 있지 않으면 불안하다.
2. 100일 동안 밀착되어 일상과 생각과 느낌을 나누는 사이에 글쓰기 동료에 대한 인간적 이해와 신뢰, 정서적 유대가 생기는 것을 느꼈다. 이러한 글쓰기 공동체가 널리 형성되어, 무연사회의 고립감을 해소하는 데에도 도움이 되었으면 싶다.
3. 지금처럼 자유로운 방식의 글쓰기가 좋다고 생각한다. 자신이 쓰는 어떤 글이든, 어떤 생각의 한 대목이든….

솜사탕

1. 아주 가끔 부질없는 시간과 풍경을 잡고 싶을 때 사용하는 도구. 그런데 크게 효과적이지는 않다.
2. 아무것도 아닌 사소한 단서를 결국 뭔가 주장하는 바가 있어 보이도록 만드는 '침소봉대' 능력의 신장이랄까.
3. 사람은 정직해야 하는 법이다. 지금도 게시판에 쓰지 못할 글쓰기는 없는데, 단지 쓸 능력이 없을 뿐!

우슬초

1. 저에게 있어서 글쓰기는 일상입니다. 직업의 특성상, 여러 글을 써야 하며, 그 글쓰기로 제 자신이 평가를 받는 일도 다반사입니다. 그러다 보니 글쓰기는 저에게 익숙하지만 한편으로는 부담스러운 행위이기도 합니다. 그러나 그런 글쓰기가 저에게는 저라는 존재를 드러낼 수 있는 것이었습니다. 글쓰기는 흐트러진 제 자신을 바로 세우고, 좀 더 깨어 있고자 노력할 수 있는 원동력이 되기 때문이지요.

2. 100일 글쓰기는 내 내면과 내 주변을 돌아보게 하는 계기가 되었습니다. 무심코 지나쳤던 하루의 일과를 되돌아보면서, 그 하루하루 속에서 나는 어떠한 생각을 했는지, 그리고 내 주변의 수많은 관계맺음 등에 대해서 생각해보며, 나는 어떠한 사람인가를 되돌아보는 계기가 되었다고 할까요? 특히, 바쁜 일상 속에서 미처 깨닫지 못한 소중한 추억들을 하나둘씩 글로 묶어놓고 되돌아보면서, 내 하루하루가 그래도 의미 있는 하루였구나 하는 깨달음도 얻을 수 있었습니다. 무엇보다도 워킹맘으로서 놓칠 뻔한 소소한 자녀의 성장의 모습을 기록으로 남겨둘 수 있었던 것은 정말 다행이라고 생각합니다.

3. 다섯 시즌 동안 자유 주제로 글을 쓴 것을 되돌아보니 저의 글쓰기의 주제가 큰 틀에서 변하지 않았다는 것을 발견할 수 있었습니다. 비슷한 주제의 글이지만, 계절의 변화에 따라, 연도의 변화에 따라 조금씩 다른 의미를 지닌 글로 만들어지고 있음을 발견하는 재미도 컸습니다. 그런데 한편으로는 자신이 쓰고 싶은 주제 이외에도 100일 글쓰기 회원들과 공통의 주제로 보다 깊이 있는 사유를 요구하는 글을 써보다는 것도 어떨까 하는 생각을 해봅니다. 예를 들어, 한 편의 책 또는 영화에 대한 각자의 감상평을 써보는 것도 가능할 것입니다. 그런데 제안은 이렇게 했지만, 막상 글을 쓰라고 하면 힘들겠지요? 그래도 한번쯤은 생각의 근육을 보다 키우는 취지에서 공통의 주제에 대해 각자 글을 써보고, 글을 공유하면서 서로의 생각의 차이점과 비슷한 점을 발견해 보는 것도 재미있지 않을까라는 생각을 해봅니다.

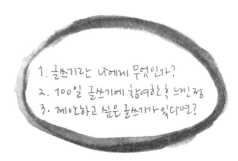

1. 글쓰기란 나에게 무엇인가?
2. 100일 글쓰기에 참여한 후 느낀 점
3. 제안하고 싶은 글쓰기가 있다면?

봄새

1. 나의 사고 패턴을 객관적으로 보게 된 소중한 경험이었다.
2. 반복되는 쓸데없는 소모적 생각들을 그만하게 되고 긍정적인 것들을 시작하고픈 마음이 생기게 되었다. 글쓰기에 동참할 기회를 주셔서 회원 모든 분께 감사드린다.
3. 하나의 주제에 다양한 의견·생각·느낌들을 나누는 것도 괜찮을 것 같다.

Second Rabbit

1. '글쓰기가 무엇인가?'라는 질문에는 그 글이 어떤 글인가에 따라 다른 대답을 할 수 있겠죠. 그런데 100일 글쓰기라는 공간에서의 글쓰기는 좀 특별한 구석이 있는 것 같습니다. 여기에 쓴 글들이 사적인 것과 공적인 것의 경계에 있다는 점도 그렇겠죠. 여기 보면 일기체의 글쓰기들이 많지만 그럼에도 독자를 상정하고 있다는 면에서 일기와는 다릅니다. 어쨌든 이 글들은 하나의 '표현'일 텐데, 이 표현을 통해서 자신을 좀 더 잘 알게 되는 것 같습니다. 단지 내가 무엇을 했던가에 대한 기록에 멈추지 않고, 그것을 표현하는 과정을 통해서만 비로소 알게 되는 것들이 있습니다. 가끔은 그 결과물, 즉 글이 그 글을 쓴

사람 자신을 놀라게 하기도 하는데, 바로 그런 발견이 이런 글쓰기의 재미가 아닐까 싶습니다.

2. 100일 글쓰기의 좋은 점은 어쨌든 글을 쓰게 된다는 것이겠죠. 매일 써야 한다는 의무 때문에, 혹은 마감에 쫓기는 심정으로라도, 자판을 두들기다 보면 좋든 싫든 결과가 나올 수밖에 없고, 그런 과정이 쌓여서 무언가가 축적됩니다. 혹은 적어도 그렇게 믿어야 합니다. 저처럼 가볍고 변덕이 무쌍한 사람에게는 특히나 그런 어떤 지점, 의무, 마감이 필요했어요. 항상 충실하게 채우지는 못하지만, 그럼에도 다시 돌아올 수밖에 없는 어떤 닻(anchor) 같은 것. 그래서 오늘은 겨우 겨우 견디어 냈지만 내일은 좀 다를 것 같은, 내일은 또 내일의 새로운 글을 써볼 수 있을 것 같은, 이제 다시 내일을 시작할 수 있다는 그런 최저점을 갖는다는 것.

3. 제안이라기보다는 제가 항상 하려고 애쓰지만 잘 못해 온 일이 있는데, 그것은 보다 다양한 형식의 글쓰기를 실험해 보는 것입니다. 이 공간이야말로 실험적인 글쓰기를 위한 최적의 공간일 수 있으니까요. 일상의 기록을 넘어서, 글쓰기의 영역을 넓고 깊게 만들 수 있다면, 그런 연습을 할 수 있다면 그거야말로 최선이 아닐까요.

뭉게구름

1. 매일매일 이끌어준 글쓰기는 나의 삶을 응시하게 하는, '보고 있는 것을 볼 수 있도록' 이끌어준 과정이었다. 또 내팽개쳐졌던 지난 일들이나 혼란스러운 생각, 나와 내 주변에서 이뤄지는 일들의 의미를 되새겨보고 정리하는 나의 '오늘'을 바라보는 일이었다.

2. 일상에 대한 무감각한 대면은 삶의 변화를 불가능하게 한다. 그런 점에서 글쓰기는 나의 일상을 그저 흘러가도록 내버려두지 않고 뭔가가 일어나는 과정으로 지켜보게 만들었다. 그리고 일상은 의미를 찾는 시간이 되었다. 나는 글쓰기를 통해 삶을 감각하게 되었다고 해야

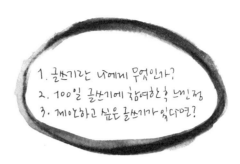

1. 글쓰기란 나에게 무엇인가?
2. 100일 글쓰기에 참여하고 느낀점
3. 제안하고 싶은 글쓰기가 있다면?

겠다. 나를 둘러싼 세계를 음미하고 맛보는…. 때로는 냉철함으로 스스로를 질책하고, 때로는 부드럽고 따스한 눈길로 사람들을 바라보며 또 때로는 온유와 인내를 수행하는 시간이 글쓰기였다고 생각한다. 글쓰기는 여러 가지로 쉽지 않은 과정이었다. 하지만, 어떻든 내게는 이제 300날의 시간에 대한 기록이 남아 있다.

3. …

보물찾기

1. 글쓰기 수업을 숱하게 해 왔음에도 "글쓰기란 나에게 무엇인가?"란 질문 앞에서 아무 생각이 안 나는 것은 '나에게'에 방점이 실려 있기 때문일 것이다. "중이 제 머리 못 깎는다."는 말이 퍼뜩 스친다. '너의 경우'와 '나의 경우'는 다른 것, 아…… 머리를 싸맨다. 정말로 '나에게' 글쓰기란 무엇일까?

삶의 기록이라는 말을 하려다보니 삶에서 떼어낸 기념품이 사진이라고 했던 존 버거의 말이 떠오른다. 그의 말처럼 사진은 확실히 흘러가는 시간 속에서 묻혀버릴 우리의 일상을 붙들어 매주는 도구인 듯하다. 사진 속에는 만났던 사람, 갔던 곳, 당시 감정이 담긴 표정 등이 시간과 공간에서 유리된 채 정지 화면 속에 고정되어 있다.

그러나 영상기호를 대표하는 사진과 문자언어를 매개로 하는 글은 같은 기록물이라 해도 여러모로 다를 수밖에 없다. 피상적인 일부 사실을 기록하는 것이 사진 찍기라면, 글쓰기는 어떠한 단상을 매개로 과거와 현재를 넘나들며 부유하고 있는 파편적 생각이나 이미지들에 맥락을 부여하는 행위라고 생각한다. 기억 속에 켜켜이 저장되어 있는 것들을 꺼내 정면으로 응시하도록 하고, 인과관계를 바탕으로 실체를 파악하여 이야기로 만들게 하는 것이 글쓰기란 생각이다. 나에게 글을 쓴다는 것은 이런 것일 것이다. 삶이 힘들어서, 누군가에게 말하기엔 힘들고 부담스러워서 깊은 곳에 꼭꼭 숨겨 둔, 나 자신도 정확히 알 수 없는 내밀한 기억들을 꺼내 응시할 수 있도록 해주는 것, 그리고 그것이 무엇인지 집요하게 붙들고 늘어져 그 실체를 목도하게 해 주는 것이 글쓰기 행위일 것이다.

2. 늘 뭔가 해야 할 일이 있다는 것은 부담이기도 했지만, 때론 설렘이었고, 또 때론 살아 있음을 확인시켜 준 것이기도 했다. 잘 모르던 독자들을 조금씩 알아가며 다음 글을 기다리고, 그렇게 친밀감을 형성해 가는 과정은 그런 경험이 없던 내게 색다른 매력이었다. 또한 비록 '느슨한' 독자라 하더라도 독자들은 생각을 꺼내고 추동하게 만든 힘이었다. 아마 독자들이 없었다면 숱한 생각들은 잠시 스쳐 지나간 파편에 그쳤을 것이다. 글쓰기 자체가 소통을 전제한 행위인 만큼 100일 글쓰기에도 암암리에 독자가 개입되어 있었나보다.

그러나 양면이 있는 것이 우리의 삶이라 우리 글도 장점만큼 한계가 분명히 있는 듯하다. 대표적인 것이 깊은 내면을 담아내기가 어렵다는 점이 아닐까 생각한다. 날마다의 기록이고, 주로 바쁜 일상 속에서 쓰는 글이다 보니 복잡 미묘한 이야기를 꺼내는 것이 어려웠다. 내면을 깊이 응시해야 하고 그것들을 글로 풀어내려면 오랜 시간이 필요한데, 그럴 만한 시간적 여유가 없었다. 게다가 이런 글은 대체로 길어지기 마련이라 독자에게 읽는 수고를 줄 수도 있다는 생각도 들었다. 여러 차례 쓰고 읽고 하다 보니 짧게 쓰는 것이 서로에게 좋을 듯해 언제인가부터는 글의 분량이 짧아졌던 것 같다. 그래서 이런 글을 한번에 써두었다가 몇 차례 나누어 올릴까 하는 생각도 해봤지만,

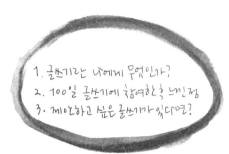

1. 글쓰기란 나에게 무엇인가?
2. 100일 글쓰기에 참여하한 느낀점
3. 제안하고 싶은 글쓰기가 있다면?

이것은 100일 글의 취지에 부합되지도 않을뿐더러 단절과 불연속에서 오는 혼란과 불편함을 줄 수 있을 것 같았다. 그렇다고 그런 내용의 글을 날마다 조금씩 쓴다는 것도 어려웠다. 경험상 글쓰기란 무언가가 떠오를 때 붙잡아 물고 가야지, 멈추어 버리면 그 감흥이 시들어버린다는 것을 잘 알기 때문이다.

3. 좀 더 긴 분량으로 일주일에 한 편 정도의 글쓰기를 하는 것도 괜찮을 듯하다. 또 때로는 공통의 특정 주제를 가지고 써보는 것도 괜찮겠다는 생각이 든다. 특정 주제에 대한 릴레이식 글쓰기도…….

복숭아

1. 나의 유학 생활과 아름다운 추억에 대한 기록입니다. "남을 수 있는 것 사진밖에 없다"는 말이 있지만, 사진보다 나의 심정과 생각을 더 생생하게 기록할 수 있는 것은 글이라고 생각합니다.
2. 매일매일, 꾸준히 글쓰기를 해왔던 재밌는 글을 쓰는 것은 생각보다 어렵습니다. 지금까지 꾸준히 글쓰기 해왔던 우리 글쓰기 클럽 멤버들이 정말 멋집니다.
3. 지금처럼 자유로운 주제로 글쓰기를 해도 좋지만 한 시즌에 몇 번의 특정한 주제를 정하고 글쓰기 클럽 멤버들의 다른 소리를 듣는 것도 괜찮을 것 같습니다.

통통이

1. 내게 있어 '글쓰기'란 밥 같은 것. 하루도 거를 수 없는, 성장의 동력.
2. 100일 글쓰기를 하면서 이전과 달라진 점이 몇 가지 있다.

   첫째, 주변 혹은 사회 전반에 대한 관심이 높아졌다. 글쓰기를 시작하면서 글감을 고민하다 보니 자연스럽게 주변 상황에 관심을 가지고 관찰하기 시작했다. 관찰은 때로 고민으로 이어지기도 했고 곧 잊혀지기도 했지만, 글로 남겼으니 때때로 꺼내볼 수는 있겠다. 글을 쓰려면 '관심'과 '관찰'이 필요하다는 것을 체험으로 깨닫게 됐다.

   둘째, 조금씩이라도 글감을 찾아 글을 쓰려고 한다. 이 일이 습관이 되면, 굳이 노력하지 않아도 저절로 그렇게 되는 날이 올 것이다.

   셋째, 집중하는 힘과 끈기가 생겼다. 무언가를 꾸준히 한다는 게 어려웠는데 글쓰기를 오래달리기하듯 이어서 하다 보니 지구력이 생긴 듯하다.

   넷째는 글쓰기의 두려움을 극복한 것이다. 무색의 공간 혹은 지면을 글로 메워야 한다는 사실이 때로는 두렵기도 했지만, 100일 글쓰기를 하면서 조금은 극복했다는 생각이 든다. 성취감은 덤이다. 한 분기 마침점을 찍었으므로.

3. 글쎄, 특별히 생각나는 게 없어서… 이대로 오래 이어지길 바란다.

hanafeel

1. 글쓰기는 제 분주한 취미생활의 마무리이고 매일 어떻게 글을 쓸까하며 생각이란 것을 하는 것입니다.
2. 글쓰기는 기술이나 능력이라기보다는 컨디션이 제일 중요한 노동이구나 하는 것을 알게 됐습니다.
3. …

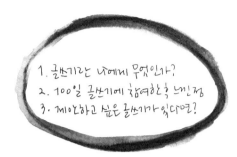

1. 글쓰기란 나에게 무엇인가?
2. 100일 글쓰기에 참여한 후 느낀점
3. 제안하고 싶은 글쓰기가 있다면?

제4인간형

1. 항상 나를 부르는 목소리라 생각합니다. 각양각색의 감정들로 가슴이 일렁일 때 더 또렷해지는 목소리와 같은.
2. 100일 하루 한편씩 일기처럼 가볍게 쓸 수 있을 거라 생각했는데, 정말 쉽지 않았습니다. 글을 추려보니 얼마 없어서 부끄럽습니다. 남은 일자의 글도 꼭 올해 마무리지어 보고 싶습니다.
3. 종종 뭔가 특정한 화제를 주고 그와 관련된 글을 써보는 글쓰기도 재미있을 듯합니다.

muse

1. 내 고통과 행복의 원천이자 내 소명이지만 결국엔 포기해야 할지도 모르는 그 무엇.
2. 날마다 글을 쓴다는 것의 어려움을 느꼈다.
   힘들었지만 행복한 시간이었다.
   나의 과거와 현재와 미래를 보여주는 거울을 들여다 본 느낌이다.
   다시 이 프로젝트에 참여해야 하는지 고민이 많이 되었다.
3. 딱히 없다.

gratia: 이미란. 전남대학교 국어국문학과 교수이며 소설가이다.

솜사탕: 김세영. 전남대학교 심리학과 강사이며, 심리학개론과 연구방법
론을 강의한다.

우슬초: 김현정. 순천대학교 교양융합대학 조교수이며, 글쓰기이론과 교
육 분야를 연구하고 있다.

Second Rabbit: 강의준. 평화 교회 목사이며, 책읽기와 인문학 운동에
관심이 있다.

뭉게구름: 박비오. 광주에서 카페 〈갈매나무〉를 운영하며, 독서 모임과
커피 강좌를 열고 있다.

보물찾기: 곽경숙. 광신대학교 한국어교육학과 교수이며 현대소설과 한
국어교육 분야를 연구하고 있다.

복숭아: 진아위. 정의로운 경찰이 되는 것이 꿈이었지만 우연히 한국
영화에 빠져서 전남대학교 국어국문학과에서 박사학위를 취득한 중
국 유학생이다.

hanafeel: 조부덕. 예방치의학 박사이며 광주 산수동에서 〈하나치과〉를 운영한다.

봄새: 장영순. 주부이며, 책읽기 외에 커피로스팅, 자수, 가죽공예에도 관심이 있다.

통통이: 권영희. 전남대학교에서 고전문학을 전공하고 있으며, 고전을 현대적으로 재해석하는 작가가 되고 싶다.

muse: 임유진. 지구에서 인간으로 반백 년 넘게 살고 있는 자, 특별한 자가 되어야 하는지 고민하는 아무것도 아닌 자, 글을 잘 쓸 수 있다면 악마에게 영혼을 팔지도 모르는 위험한 여자.

제4인간형: 김현승. 국어 시간에 영화 읽기를 꿈꾸는 예비교사이자, 세상의 모든 제4인간형 삶을 살아가는 이들의 이야기를 쓰고 싶은 제4인간형 인간.

오백 번의 로그인

글쓰기 공동체를 꿈꾸는 열두 사람의 100일 글쓰기

©이미란 외 11명, 2019

1판 1쇄 인쇄__2019년 11월 20일
1판 1쇄 발행__2019년 11월 30일

지은이__이미란 외 11명
표지 디자인__정순영
펴낸이__양정섭

펴낸곳__경진출판
　　　　등록__제2010-000004호
　　　　이메일__mykyungjin@daum.net
　　　　블로그(홈페이지)__mykyungjin.tistory.com
　　　　사업장주소__서울특별시 금천구 시흥대로 57길(시흥동) 영광빌딩 203호
　　　　전화__070-7550-7776　팩스__02-806-7282

값 14,000원
ISBN 978-89-5996-682-0 03810

※ 이 도서의 국립중앙도서관 출판예정도서목록(CIP)은 서지정보유통지원시스템 홈페이지(http://seoji.nl.go. kr)와 국가자
료공동목록시스템(http://www.nl.go.kr/kolisnet)에서 이용하실 수 있습니다. (CIP제어번호: 2019044691)